LA MAISON QUI TOMBE

LILLE

L. LEFORT, IMPRIMEUR - ÉDITEUR

PARIS, Ad. LECLÈRE, rue Cassette, 29

N° 484
1re livraison
1863

LA
MAISON QUI TOMBE

In-12 3e Série

Quel est le chiffre de sa fortune ?

LA

MAISON QUI TOMBE

PAR C. GUENOT

LILLE

L. LEFORT, IMPRIMEUR-LIBRAIRE

M DCCCLXIII

LA MAISON QUI TOMBE

I

Les Deux Voisins.

« Toujours à la besogne, voisin Ritoux : jamais un moment de distraction : à peine si vous vous décidez à tourner la tête quand se présente un camarade. Ne pouvez-vous donc laisser une heure l'aiguille, et venir, chez le marchand de vin d'à-côté, trinquer avec un ami? On dirait, ma parole, que votre outil pointu fait partie intégrante de votre personne. »

Ainsi parlait, un matin du mois de mai 1832,

un honnête épicier à un brave tailleur installé dans une étroite boutique sise au rez-de-chaussée, à Auxerre, dans la rue de Paris, près de la porte du même nom. Le digne artisan releva la tête en s'entendant ainsi interpellé, et répondit d'une voix légèrement chevrotante :

« Que voulez-vous, M. Canteur, chacun gagne sa vie comme il peut; vous en vendant des haricots, du riz, du sel et des fruits confits, moi en habillant le prochain. La concurrence est si grande aujourd'hui, que, pour faire honneur à ses affaires, il faut une grande assiduité et un travail opiniâtre. Le métier se gâte, M. Canteur, c'est moi qui vous le dis; la jeunesse de ce siècle nous glisse entre les doigts, à nous autres vétérans; ses goûts sont variables et bizarres. D'une année à l'autre la mode nous impose de nouveaux caprices. »

L'épicier Canteur ne chercha point à ébranler les opinions du bonhomme; il sentait que c'eût été peine perdue. Il se contenta donc de lui répondre :

« D'accord, voisin Ritoux. Mais, sérieusement, les pratiques vous font-elles défaut? n'avez-vous pas une bonne vieille clientèle? il y a encore, dans notre ville d'Auxerre, des représentants du bon vieux temps.

— Oui vraiment, et c'est fort heureux, répliqua le tailleur en se redressant sur son établi; l'ouvrage ne me manque pas, ni les clients de choix ; la preuve en est que je travaille, en ce moment, pour la maison d'en face.

— S'il en est ainsi, Ritoux, je vous félicite. Le bourgeois qui habite là est riche, dit-on, comme Crésus. Quoi qu'il en soit, sa demeure est la plus belle de notre ville d'Auxerre.

— Oui vous avez raison, M. Belair est un homme opulent, à qui rien ne paraît manquer. Il vient de faire à Paris un magnifique mariage qui double au moins sa fortune. Sa femme est arrivée, vous avez dû la voir ; c'est une grande dame ; on dirait une princesse, tant elle est richement mise et brillamment parée.

— Vous auriez donc tort de vous plaindre, voisin Ritoux ; quand on a de tels clients, qui peuvent vous occuper toute l'année, on est sûr de ne jamais chômer, d'avoir toujours du pain sur la planche, de l'argent dans son escarcelle. »

Le tailleur secoua la tête.

« C'est vrai, répondit-il. Mais M. Belair n'emploie guère les artisans de province ; il lui faut, à lui, les artistes de la capitale, ce qu'ils appellent les tailleurs de la fashion.

— Que me disiez-vous, alors, que vous travailliez pour lui ?

— Vous êtes dans l'erreur, M. Canteur ; j'ai voulu dire que je confectionnais quelques vêtements pour sa maison ; j'entends pour plusieurs de ses vieux serviteurs, braves gens dont le goût ne change pas selon la mode et qui préfèrent le solide au clinquant. Le jardinier de M. Belair et l'ancien valet de chambre de son père estiment que Jean Ritoux sait encore suffisamment son métier. Mais ces honnêtes domestiques se font vêtir à neuf tout au plus une fois l'an : et comme leurs gages sont modestes, leurs dépenses le sont aussi, naturellement. Voyez-vous, M. Cauteur, ils ont gardé les habitudes d'autrefois ; ils mesurent leurs frais sur leurs recettes : c'est le seul moyen, à mon avis, de rapprocher les deux bouts l'un de l'autre, de ne faire tort à personne et de n'avoir point de dettes à payer.

— Vous avez raison, Ritoux ; vous êtes la sagesse même ; je voudrais pour beaucoup que certains de mes chalands vous entendissent ; peut-être vos paroles leur inspireraient-elles l'envie de me payer plus exactement.

— Or, reprit le tailleur sans répondre à l'observation de son voisin, une aussi mince clientèle ne suffirait pas à me procurer du pain : je ne travaille guère qu'une semaine par an pour la maison de M. Belair.

— Je vois que je vous avais mal compris, voisin. Mais, à propos, ajouta le bavard épicier en avançant la tête par la fenêtre ouverte du tailleur et en s'accoudant sur une planchette qui saillait au dehors, ne m'avez-vous pas dit tout à l'heure que les nouveaux époux étaient arrivés?

— Les nouveaux époux sont arrivés à Auxerre depuis hier seulement.

— Je ne l'avais pas appris. M. Bclair est un homme comme il faut et qui ne hante que la haute société; du moins, c'est ce que je me suis laissé dire.

— Oh! pour cela, c'est positif. D'aucuns même prétendent qu'il mène la vie lestement et à grandes guides.

— Puisqu'il est riche, il fait bien. Voudriez-vous que ses écus moisissent dans ses coffres?

— Il est riche, et même très-riche, je n'en disconviens pas, je vous l'ai dit le premier. Mais il prodigue sa fortune en fêtes, en parties de plaisir, en dépenses de toutes sortes.

— C'est ainsi, Ritoux, répliqua sentencieusement l'épicier, que se doit comporter la classe opulente. Ses revenus énormes, libéralement semés dans le pays, profitent au commerce, à l'industrie, aux arts; ils vont former l'épargne du pauvre et enrichir l'ouvrier. J'aime peu ces parcimonieux qui entassent leurs trésors et vivent mesquinement. A côté d'eux, la population laborieuse meurt de faim.

— Il y a du vrai, M. Canteur, dans ce que vous dites là. Cependant la mesure en toutes choses est un acte de sagesse.

— Tout est relatif en ce monde : la mesure de l'un n'est pas celle de l'autre : rien ne vous dit que M. Belair dépense au-delà de ses revenus.

— Je ne sais ; mais, avant qu'il fût marié, ses serviteurs se plaignaient souvent qu'il leur faisait attendre le paiement de leurs gages. Vous conviendrez qu'un ajournement de ce genre accuse un certain désordre, des embarras résultant d'une mauvaise gestion.

— Soit : mais maintenant qu'il est marié, il se rangera. Et puis, c'est un homme savant.

— Oui assurément, il est savant : son père n'a rien négligé pour son instruction. Placé dès son jeune âge dans un lycée de Paris, il en est sorti à dix-sept ans. Ces longues études ne suffisaient pas, apparemment, car, dès que le jeune homme était de retour ici, pendant les vacances, nous voyions, du matin au soir, des messieurs venir chez lui. C'étaient des professeurs distingués, appelés pour compléter l'éducation du fils de M. Charles Belair.

— Ce n'est pas comme nous, voisin Ritoux ; à peine si nos parents nous ont appris à lire.

— Mais, en revanche, M. Canteur, il nous ont formés au travail. Or, m'est avis qu'il est telles circonstances où ces leçons modestes valent bien les autres.

— Le savoir ne nuit jamais, Ritoux, interrompit l'épicier.

— Je suis loin de le nier, repartit le tailleur. Quant à M. Belair fils, depuis la mort de son père, arrivée il y a près d'un an, il n'a plus hanté les professeurs. A leur place, de brillants jeunes gens, appartenant à la classe la plus élevée de notre ville, ont fréquenté sa maison. Les voyages, les fêtes, les parties de plaisir se sont succédé sans interruption.

— Que vous disais-je? le jeune homme a du savoir vivre; il comprend que son rôle est de dépenser. J'imagine qu'il doit s'estimer l'un des heureux de ce monde.

— Vous vous trompez, M. Canteur. Je sais de source certaine que M. Edouard Belair, possesseur de trente mille livres de rentes, se plaignait d'être pauvre, et prétendait qu'un jeune homme ne pouvait vivre décemment avec cela [1].

— Certes, dit l'épicier en ouvrant de grands yeux; je connais plus d'un honnête habitant d'Auxerre qui se contenterait de ces trente mille livres pour capital. Moi qui vous parle, voisin Ritoux, si je parvenais à économiser pareille somme, en la joignant au produit de la vente de mon fonds, je m'estimerais plus heureux qu'un roi.

— Vous voyez donc bien que notre jeune M. Belair a de trop hautes ambitions pour être prudent.

[1] Nous avons entendu formuler cette plainte, quelque incroyable qu'elle paraisse.

Avec ces insatiables appétits, ses affaires, un jour, pourraient fort bien s'embrouiller d'une manière fâcheuse.

— Un jeune homme pauvre avec trente mille livres de rentes ! reprit Canteur comme en se parlant à lui-même; vraiment, je n'en reviens pas. Aussi, M. Belair vient de se marier; et qui dit se marier, aujourd'hui, dit s'enrichir; car la mode est passée de prendre femme sans vues intéressées.

— La jeune fille que M. Edouard Belair a épousée, j'ai eu l'honneur de vous le dire, est encore plus riche que lui, ou moins pauvre, si vous l'aimez mieux; elle lui apporte cinquante mille francs de rente.

— Pour le coup, vous l'avouerez, voilà une famille qui doit commencer à ne plus être tout à fait dans la gêne, exclama l'épicier en riant aux éclats. Du moins n'est-elle pas exposée à venir demander l'aumône ni à vous ni à moi.

— J'en conviens: cependant M. Belair n'est pas encore satisfait; il passe pour chercher à augmenter sa fortune.

— Aurait-il donc l'intention de reprendre l'industrie ou le commerce de son père ?

— Non, que je sache.

— Je ne vois pas d'autres moyens d'accroître ses richesses.

— Vous me pardonnerez, M. Canteur, il en

existe d'autres. Il paraîtrait qu'ils ont là-bas, à Paris, une manière de s'enrichir, du jour au lendemain, qui ne coûte aucune peine.

— Je ne connais pas ce dont vous voulez parler, voisin Ritoux, répondit Canteur qui redoublait d'attention.

— Cependant, d'après ce que l'on m'a dit, ces pratiques sont fort en vogue. »

Au moment où le tailleur, non moins loquace que l'épicier son compère, achevait ces paroles, un homme grand, maigre, à la taille voûtée, coiffé d'un feutre antique, vêtu d'une vaste redingote dont les pans lui battaient les mollets, sortit de l'hôtel Belair; il paraissait âgé, et ses jambes n'avaient plus leur aplomb d'autrefois. Ayant refermé la porte de la maison qu'il venait de quitter, il traversa lentement la rue, la tête penchée, et s'avança en droite ligne vers la maison de Ritoux. Celui-ci, apercevant le vieillard qui s'approchait, cligna de l'œil et fit un signe à l'épicier. Canteur se retourna brusquement tout d'une pièce, et jugeant que l'individu qui approchait voulait parler au tailleur, il se retira poliment, de manière à laisser libre l'ouverture de la fenêtre devant laquelle travaillait Ritoux. L'homme qui survenait, c'était le vieux valet de chambre dont il a été question plus haut. Quand il eut atteint la fenêtre, il porta la main à son chapeau, qu'il souleva légèrement.

— Bonjour, père Ritoux et la compagnie, dit-il en adressant un coup d'œil au gros épicier.

— Bonjour, M. Ringel; monsieur, je vous salue, répondirent à la fois le tailleur et Cauteur.

— Ah ça, mon brave, reprit le valet de chambre en s'appuyant à la place que l'épicier venait de quitter et en interpellant Ritoux, mon pantalon est-il achevé?

— Pas tout à fait encore; vous voyez que j'y travaille en ce moment.

— Hâtez-vous, et surtout...

— Aussi ai-je gardé bon souvenir et ai-je tenu note de votre désir. Demain sans faute, à pareille heure, ce sera terminé, et vous pourrez revenir, à moins que vous ne préfériez que je vous porte moi-même le vêtement.

— Songez à faire briller votre talent; la maison que j'habite renferme des connaisseurs.

— Est-ce donc, M. Ringel, répliqua le tailleur, que vous prendriez goût aux modes du jour, aux manières des jeunes gens?

— Dam, il le faut bien. Aujourd'hui, mon bon ami, nous n'avons pas seulement monsieur à contenter; si nous voulons être bien venus, nous devons encore plaire à madame; or, madame veut que ses gens soient mis élégamment; elle tient à ce qu'ils fassent honneur à sa maison.

— C'est le cas de dire: tel maître tel valet,

hasarda l'épicier, qui n'avait pas perdu un mot de la conversation.

— Vous avez touché juste, camarade, reprit le serviteur de M. Belair en se retournant vers Canteur. Madame, qui partage les goûts de monsieur pour l'apparat, le luxe, l'élégance, nous a signifié que tous les domestiques de l'hôtel eussent à soigner leur tenue de façon à ce qu'aucune famille de la ville ne pût rivaliser avec l'hôtel Belair.

— Si vos maîtres sont exigeants à ce point, repartit le tailleur, j'aime à croire qu'ils vous paient grassement vos gages.

— Quant à cela, Ritoux, je ne demande qu'une chose, c'est que notre patron continue comme il a fait depuis son mariage. Même que nous avons été tous augmentés d'appointements. On nous a dit, il est vrai, que c'était à titre de gratification ; mais madame a ajouté que l'addition pourrait devenir définitive, si nous nous comportions convenablement et comme il appartient à des laquais de bonne maison. Ainsi, acheva Ringel par forme de conclusion, je compte sur mon pantalon pour demain matin.

— Vous l'aurez sûrement, » répondit le tailleur.

Là-dessus, le valet de chambre se retira d'un pas grave comme il était venu. Le curieux épicier se rapprochait déjà pour renouer son entretien avec Ritoux, quand une pratique survenant le rappela dans sa boutique.

II

A chacun son goût.

La conversation matinale que nous venons de raconter a dû mettre le lecteur quelque peu au courant de la famille Belair, dont nous nous proposons de retracer l'histoire.

La maison dont il a été question, la plus belle d'Auxerre, au dire du tailleur Ritoux, s'élevait près de la porte de Paris, dans la rue du même nom. Sa situation lui donnait les agréments de la campagne, l'air pur, la vue des champs avec les commodités de la ville. Le mur en pierres de taille, qui longeait la voie publique, haut de trois mètres environ, était percé d'une vaste porte cochère. Au-dessus du mur, des arbres séculaires dressaient leurs tiges rugueuses et moussues. Leurs épaisses cimes fournissaient un agréable ombrage. C'étaient de magnifiques tilleuls qui, à cette époque de l'année, commençaient à fleurir et à disséminer dans l'air leurs parfums ; ils étaient alignés dans une vaste cour, où on les avait plantés en quinconce. Du milieu de ces arbres, on pouvait facilement, d'un coup d'œil, embrasser la disposition et l'ensemble des bâtiments de l'hôtel. La maison proprement dite comprenait trois pavillons qui ne formaient qu'un seul corps. Celui du milieu avait deux étages, plus des chambres mansardées ; les deux autres un seul. L'aspect architectural était élégant et somptueux ; toute la façade, bâtie avec la pierre de Tonnerre, était taillée en refends et diversement ornementée. Aux deux extrémités de l'habitation s'allongeaient, à angle droit, vers le mur de la rue, d'un côté les remises et écuries, de l'autre la loge du concierge et les cuisines : le tout relié à l'édifice principal par deux arcades, fermées de portes qui donnaient accès dans un parc. De la naissance de chaque arcade partait un mur, surmonté d'une grille en fer ouvragé, qui séparait complètement des dépendances la cour plantée d'arbres. En pénétrant dans l'habitation par la porte d'honneur, on arrivait à un large vestibule formant un parallélogramme, à chaque bout duquel on apercevait un escalier splendide, dont les marches étaient recouvertes d'un riche tapis, et la rampe en bois sculpté. A droite s'ouvraient une salle d'attente, puis un magnifique salon, brillant de dorures et meublé avec luxe. Des fenêtres, les unes donnaient sur la cour, les autres sur le parc, le salon occupant toute la largeur de l'hôtel. A gauche étaient la salle à manger et un délicieux cabinet qui servait de bibliothèque. Au premier étage des trois pavillons, se trouvaient les appartements du maître et de la maîtresse de la maison, d'où la vue planait sur la campagne et les villages voisins, aucune construction ne venant de ce côté contrarier la perspective. Deux petits appartemens, au second, étaient réservés pour les visiteurs éloignés. Rien ne se pouvait voir de plus frais, de plus gracieux, de plus coquet que la décoration de toutes ces chambres. Les cuisines, les remises et les écuries, qui formaient comme deux ailes de l'hôtel, en s'avançant sur la rue, étaient couronnées d'un étage comprenant les logements des domestiques. De la sorte, les propriétaires de la somptueuse demeure avaient la faculté, quand ils le voulaient, d'échapper aux regards curieux et indiscrets de leurs serviteurs.

Le soir du jour où le tailleur Ritoux et le gros épicier ont attiré notre attention sur l'hôtel Belair, trois personnages, deux messieurs et une dame, sortaient du salon par la porte donnant sur le parc; ils cheminaient lentement par les allées sinueuses d'un jardin anglais, à travers des massifs de fleurs et d'arbustes verdoyants, vers la lisière du bois, lequel se prolongeait jusqu'aux boulevards de la ville. Arrivés à une tonnelle, couverte de plantes sarmenteuses, telles que la clématite et le chèvrefeuille, ils y trouvaient trois siéges qu'un valet de pied avait apportés un instant auparavant.

Le ciel pur, sans un seul nuage, reflétait les derniers rayons du soleil, qui s'éteignait dans un fluide d'or, derrière les collines couvertes de vignobles ; une brise légère, venant de la plaine, faisait frissonner les feuilles des arbres, et caressait mollement de son souffle embaumé les corolles des fleurs. Les trois personnages dont nous avons parlé s'assirent en silence sous la tonnelle, et parurent ravis de la splendeur, de la fraicheur de la soirée. Plongés dans une sorte de recueillement involontaire, ils semblaient n'être venus que pour s'enivrer des senteurs qui s'exhalaient du parc et des jardins. Nous les laisserons un moment à leur extase, et nous en profiterons pour tracer avec quelque détail leur portrait physique et moral.

Le premier dont nous parlerons s'était établi sur le côté droit de la tonnelle, près de la jeune dame. Agé de vingt-quatre ans environ, grand, mince, négligemment vêtu, il avait aux lèvres un cigarre odorant qu'il achevait de fumer. L'ensemble de sa personne ne déplaisait point au premier abord et respirait même une certaine distinction. Sa figure pâle, encadrée d'un collier de barbe noire, n'offrait qu'une expression indécise, dans laquelle il eût été difficile de saisir les nuances délicates de l'âme ; une chevelure abondante, noire comme la barbe, ombrageait son front ; ses yeux rêveurs, fatigués, errants sur la façade de l'hôtel que l'on apercevait à travers les bosquets du jardin, indiquaient une légère préoccupation ou un état habituel d'ennui. Ce jeune homme était le maître de la maison, M. Edouard Belair.

La jeune dame, assise nonchalamment au fond de la tonnelle, et jouant avec un éventail, était sa femme, Irma Derry. Elle pouvait avoir vingt ans au plus. De taille moyenne, déliée, élégante, Irma offrait dans toute sa personne le type léger de la Parisienne. Son teint était pur et faiblement rosé. Ses yeux bleus et sémillants, sa bouche rieuse, sa pose même, donnaient à son visage une expression qui contrastait avec celle de son mari. La jeune femme paraissait jouir avec délices du calme qui régnait autour d'elle, et de la vue des fleurs qui s'épanouissaient en touffes éclatantes aux abords du berceau.

Le troisième personnage, assis à gauche de Mme Belair, était âgé de cinquante ans à peu près, et de petite stature. Ses formes, alourdies par l'embonpoint, n'avaient rien de choquant ni de disgracieux. Ses cheveux et sa barbe grisonnaient; sa figure douce et son regard sympathique respiraient une singulière bienveillance. Une sérénité profonde, rejaillissement sans doute du calme de son âme, siégeait sur son front et sur ses traits. Sa physionomie, des plus avenantes, inspirait au premier coup d'œil une grande confiance. On se sentait attiré vers cet homme qui portait empreint sur son visage le caractère le plus avenant et toute une vie de vertus. Il se nommait Jacques Damey : il était l'oncle maternel de M. Edouard Belair, le frère de sa mère par conséquent. M. Damey avait toujours habité la ville d'Auxerre; il jouissait d'une modeste aisance. A quelques kilomètres de la ville, il possédait une terre agréablement située, au milieu de laquelle s'élevait une délicieuse maisonnette, vraie bonbonnière, où il passait de temps à autre quelques semaines. Il avait trois enfants, dont l'aîné, un fils déjà marié, était engagé dans le commerce; le second, un fils aussi, terminait ses études au collége; le troisième enfant de M. Damey, une jeune fille de seize ans, n'avait point encore quitté le couvent où elle était en pension. Mme Damey, pieuse femme digne de son mari, lui avait donné plus d'un quart de siècle de bonheur, car ils s'étaient mariés jeunes. Cette famille, modèle parfait d'union, de bon ordre, de vertus, avait conquis l'estime et le respect publics. M. Jacques Damey avait aimé beaucoup sa sœur, la mère d'Edouard Belair, morte alors que son fils était encore dans l'enfance; il avait reporté une partie de cette fraternelle affection sur son neveu.

Surveillant avec une attention paternelle les débuts du jeune homme, ses instincts et ses tendances, il s'était aperçu de bonne heure qu'il était porté à la dissipation, et que son esprit frivole subirait facilement les entraînements des mauvais exemples. Souvent, pendant qu'Edouard était encore au lycée, M. Damey avait averti le père, M. Charles Belair, le suppliant de ne pas négliger ces premiers symptômes et de combattre énergiquement les défauts naissants qu'ils révélaient. Mais celui-ci, absorbé par les affaires, aveuglé par sa tendresse et peu initié à la grande science de l'éducation, n'avait pas tenu compte de ces sages observations et n'y avait pas attaché d'importance. Néanmoins, à sa mort, M. Charles Belair, éclairé peut-être par sa propre et tardive expérience, recommanda instamment son fils à son beau-frère, et le supplia d'employer toute l'influence que lui donnaient son âge, son caractère, sa vertu, pour maintenir le jeune homme dans la voie droite. M. Damey le promit, et conformément aux vœux du défunt, il se mit résolûment à l'œuvre ; il essaya de gagner le cœur du jeune homme, en lui témoignant en toute occasion l'amitié sincère, l'affection ardente qu'il éprouvait pour lui. Avec infiniment de tact, de prudence, de délicatesse, il tenta de lui faire comprendre les beautés de la vertu, de fixer ses goûts volages, d'enrayer ses instincts dangereux ; en un mot, de l'empêcher de cotoyer les abîmes où se font les naufrages de l'âme et souvent aussi ceux de la fortune.

Edouard écouta d'abord ces avis pleins de mesure et de bonté avec une certaine patience ; mais, voyant qu'ils se renouvelaient d'une manière instante, il fit entendre à son oncle que cette tutelle officieuse lui déplaisait et que son amitié n'y résisterait pas : il déclara nettement qu'il prétendait rester maître de ses actions et gouverner sa vie à son gré. M. Damey, forcé de se taire, se contenta de gémir en secret des funestes dispositions d'Edouard, des relations qu'il commençait à nouer, des habitudes ruineuses et désordonnées qu'il contractait. Néanmoins, en mémoire de sa sœur, pour remplir autant qu'il le pouvait encore ses promesses, et aussi pour obéir aux sentiments d'affection qu'il conservait pour son neveu, il continua de le voir.

Quand Edouard lui annonça son projet de mariage, il saisit l'occasion de l'amener à de sérieuses réflexions, et il l'engagea à traiter cette grave affaire avec la maturité qu'elle exige. « Le bonheur de l'avenir, lui disait-il, dépend du choix que l'on fait. » Mais le jeune homme ne partageait pas cette manière de voir. Pour lui, le mariage était une question de fortune, pas davantage ; l'essentiel était d'obtenir une femme riche. M. Damey, voyant que les idées de son neveu étaient irrévocablement arrêtées, n'insista pas. Cependant, comme il ne connaissait pas sa future nièce, et, qu'en somme, la Providence pouvait permettre que la jeune épouse fût douée de solides qualités, il espéra que la vie de famille, la paix du foyer domestique, les intérêts nouveaux qu'allait créer le changement de position, inspireraient de meilleurs sentiments à Edouard, et lutteraient victorieusement contre les entraînements malheureux de son esprit et de son cœur. Il se berça pendant quelque temps de ces flatteuses pensées, se promettant de visiter souvent le jeune ménage, afin d'y exercer, s'il était possible, la double influence de l'âge et de l'amitié. Il assista à la cérémonie nuptiale à Paris, où il ne vit que rapidement la femme d'Edouard : cette entrevue ne suffisait pas pour asseoir un jugement, et il attendit impatiemment l'arrivée du jeune couple à Auxerre.

A leur retour de Suisse, M. et Mme Belair allèrent le voir, et l'invitèrent à passer de temps en temps la soirée à leur hôtel. L'excellent homme accepta volontiers. Le lendemain, il se rendit chez son neveu avec sa femme et promit d'y retourner. C'est pour remplir cet engagement que, le jour dont nous avons parlé plus haut, M. Damey se trouvait à l'hôtel de M. Belair. Comme nous l'avons dit, les premiers moments qui suivirent l'entrée sous le berceau de clématites, s'écoulèrent en silence; peut-être ce mutisme quelque peu embarrassé se fût-il prolongé si M. Damey ne se fût déterminé à prendre la parole. Se tournant donc vers M. Belair, dont il était séparé par Irma :

« J'espère, mon neveu, dit-il, que vous vous déciderez à rester à Auxerre. Vous voilà heureusement marié : je suis sûr que les habitudes paisibles du foyer vous souriront.

— Auxerre n'est pas un séjour convenable, mon oncle, pour y couler agréablement ses jours, répondit Edouard en jetant à terre le reste de son cigarre. Nous y demeurerons une partie de l'été, par la raison que Paris est désert à cette époque ; mais nous retournerons certainement pour l'hiver à la capitale.

— Cependant, mon ami, reprit M. Damey en jetant un coup d'œil sur Mme Belair, si votre jeune femme, ma charmante nièce, se plaisait parmi nous dans cette délicieuse demeure, ne feriez-vous pas bien de l'y laisser? durant la saison d'hiver, notre petite ville a aussi ses joies, ses agréments pour ceux qui l'habitent.

— Je me plais parfaitement ici, cher oncle, répliqua Irma à son tour, d'un ton languissant qui accusait une mollesse extrême; mais il est bon de varier les jouissances, autrement elles deviendraient monotones. A mon avis, rien n'égale les plaisirs qu'offre Paris dans la saison d'hiver. Les visites, les spectacles, les bals, les soirées, tout cela est incomparable et ne se rencontre nulle part ailleurs.

— Vous me permettrez de supposer, mon enfant, dit M. Damey, que ces sortes d'amusements fatiguent à la longue.

— Jamais, repartit la jeune femme avec une

certaine vivacité ; la variété des distractions délasse l'esprit. On se sent vivre, au moins, dans ce tourbillon brillant et animé de la vie parisienne; tandis qu'ici, en province, c'est l'isolement, l'ennui, la mort. »

La conviction avec laquelle parlait Irma fit comprendre à M. Damey que la cause qu'il avait entrepris de plaider était perdue à l'avance. Pourtant il ajouta, mais d'un accent plus triste :

« Le foyer domestique, le séjour de la province réservent à ceux qui savent les apprécier des joies pures et sereines comme le jour qui finit en ce moment.

— Voulez-vous donc, cher oncle, poursuivit Irma, que dès le printemps de notre vie nous nous ensevelissions dans ce silence et cette solitude? Je vous avoue franchement que la perspective d'une semblable existence me ferait peur. Rien que d'y penser, je sens courir dans mes veines le froid du tombeau.

— Et cependant, le bonheur gît dans la modération des désirs et des jouissances. Les dépenses, en province, sont facilement limitées : c'est bien différent à Paris.

— Quoi! M. Damey, fit la jeune femme en laissant éclater un rire bruyant, pensez-vous qu'à notre âge nous fassions cas d'entasser nos revenus d'une main avare? Grâce à Dieu, nous sommes riches;

notre devoir est d'user libéralement, noblement des dons de la fortune.

— S'il vous survient des enfants, reprit M. Damey, n'aurez-vous pas l'obligation de les élever? il sera bon, ce me semble, de leur donner quelques leçons d'ordre, pour ne pas dire d'économie.

— Je veux, répliqua Edouard, qu'ils reçoivent une éducation large. J'éloignerai d'eux ces enseignements mesquins qui forment plus tard des esprits étroits et acharnés aux petites choses. »

M. Damey comprit sans peine, à cette verte réponse, que son neveu n'était pas disposé à l'écouter, et que, pour comble de malheur, la femme qu'il avait épousée partageait complètement ses sentiments, ses idées fausses, ses goûts de luxe, de dissipation, de plaisirs. Le digne homme n'insista plus. La conversation se traîna languissante : la nuit vint, et M. Damey prit congé, le cœur serré, de son neveu et de sa nièce.

III

Alarmes d'un père.

Edouard Belair — le récit qui précède le fait pressentir facilement — avait pris une fatale direction dès sa première jeunesse. Privé de bonne heure de sa pieuse et excellente mère, il n'avait point connu la vie de famille, les joies intimes et innocentes qui éclosent dans les jeunes âmes, sous les baisers maternels. Il n'avait pas eu le bonheur de recueillir des lèvres de ses parents ces leçons saintes qui forment l'esprit à l'ordre, à la régularité, qui développent dans le cœur les germes de la vertu et assouplissent peu à peu le caractère aux devoirs austères de ce monde. Son père, livré aux préoccupations d'un commerce considérable qui exigeait de longs et fréquents voyages, ne put surveiller ses débuts. D'ailleurs, M. Belair crut qu'il suffisait de lui donner de savants professeurs, illusion trop commune, sur la foi de laquelle tant de familles compromettent l'avenir de leurs enfants. Quand Edouard eut neuf ans, il le conduisit à Paris, où il le plaça dans un lycée en renom, le recommanda chaleureusement et se flatta d'avoir consciencieusement satisfait à ses devoirs envers son fils. M. Charles Belair le visitait chaque fois qu'il venait à Paris, s'informait peu de ses progrès, s'occupait avec sollicitude de son bien-être matériel, et lui apprenait qu'un jour il serait fort riche. Ces confidences prématurées devaient porter de tristes fruits : l'enfant prit son père au mot, et, de cette perspective que l'on ouvrait à ses yeux, tira des conclusions funestes à son éducation. Il se dit que, puisque son avenir était assuré, il était inutile pour lui de se livrer à l'étude. Nature mobile, amie de ses aises, privée des excitations d'un père, Edouard ne s'attacha ni au travail ni à ses maîtres. Son imagination, qui lui montrait les horizons dorés de la vie, lui faisait mépriser tout ce qui n'était pas jouissance et plaisir. De là une profonde horreur pour les efforts qu'impose la vertu. Les enseignements religieux glissèrent sur cette âme aride et sans ressorts, comme la pluie sur les rochers. Le moindre souffle, plus tard, devait effacer la trace des saintes semences qu'un digne prêtre avait essayé d'y répandre.

Quelques impressions fugitives, des lueurs bientôt évanouies, tels furent les seuls résultats des instructions qu'Edouard entendit, soit pendant le catéchisme préparatoire à la première communion, soit dans les conférences du haut de la chaire chrétienne.

Ennemi de toute contrainte, il soupirait après le moment où il serait délivré du joug de ses maîtres. Ces dispositions le mirent naturellement en rapport avec des camarades animés des mêmes sentiments, et dont la plupart avaient déjà trempé leurs lèvres dans la coupe du vice. Leurs jeunes imaginations s'exaltèrent mutuellement. Ils analysaient une à une, pour les effeuiller plus tard, les fleurs que la vie devait semer sur leur route ; ils ne s'entretenaient que de leur liberté future et des plaisirs que le monde leur tenait en réserve. En attendant le moment fortuné où les portes du lycée s'ouvriraient devant eux, ils s'appliquaient à s'exonérer, autant qu'ils le pouvaient, des devoirs imposés par la règle, et à se procurer des distractions souvent coupables. Ainsi, plusieurs fois, durant ses cours, Edouard prétexta des indispositions ou des maladies, et obtint de séjourner assez longtemps à Auxerre, sous la surveillance d'un vieux précepteur et de son excellent oncle ; mais, à mesure qu'il grandissait, il faisait la désolation de l'un et de l'autre par sa paresse, son indocilité, ses goûts désordonnés. A seize ans, le malheureux jeune homme avait abandonné Dieu et renié les engagements pris au jour de sa première communion. Devenu à peu près incrédule, gâté par de mauvaises lectures et la fréquentation d'amis vicieux, il cessa de donner des signes de foi pratique.

Aux exhortations que lui adressait le prêtre qui

s'était efforcé de l'instruire des vérités religieuses, il répondait par l'indifférence, ou même par le sourire du dédain. A dix-huit ans, il sortit du lycée avec un mince bagage de science et une large provision d'inclinations mauvaises. Son père voulut qu'il suivît les cours de droit; il s'y résigna, parce qu'il ne pouvait faire autrement, ou qu'il n'osait résister encore ouvertement; mais il réussit peu dans ses nouvelles études. A cette époque, M. Charles Belair, se trouvant suffisamment riche, cessa son commerce, et se retira tout à fait à Auxerre, où il venait de faire construire la charmante villa que nous avons décrite. Quoique peu apte à démêler les défauts d'un jeune homme du caractère d'Edouard, il ne tarda pas à remarquer les funestes tendances de son fils, et finit par s'alarmer sérieusement des penchants qu'il manifestait. La pension qu'il lui payait pour son séjour à Paris, toute forte qu'elle fût, était loin de suffire à l'étudiant en droit; elle était toujours dévorée à l'avance, et il lui fallait ajouter des suppléments considérables. Dans les premiers temps il versa, sans rien dire, l'argent qu'Edouard réclamait. Mais, voyant que les dépenses continuaient incessantes, que son fils accumulait les dettes, il s'effraya de ces habitudes de dissipation qui menaçaient de se fortifier avec l'âge. Il hasarda quelques observations, quelques reproches, dont Edouard ne tint aucun compte. Enfin, un jour que le jeune homme lui avait demandé une somme de cinq mille francs pour solder un arriéré qui ne souffrait pas de délai, disait-il, il se décida à examiner par lui-même les causes de ces prodigalités interminables, et il partit pour Paris, malgré la rigueur de la saison ; on était dans l'hiver de l'année 1831.

Un soir de janvier, M. Charles Belair frappait à la porte de l'appartement qu'occupait Edouard dans la rue de Verneuil. Celui-ci était absent et ne rentra que le lendemain. Surpris un moment, à la vue de son père, il fit néanmoins bonne contenance, et s'informa du motif de cette visite inattendue. M. Belair s'étant assis, en silence, auprès du feu allumé dans le cabinet de travail de son fils, enveloppa ce dernier d'un regard sévère, puis il lui dit d'une voix sourde :

« C'est toi qui m'amènes.

— Quoi! mon père, par cette rude saison! N'eût-il pas été prudent d'ajourner ce long voyage?

— Non, des raisons pressantes me commandaient de le hâter. Au reçu de ta dernière lettre, j'ai jugé qu'il était urgent que je me rendisse à Paris sans retard, afin de juger par moi-même des raisons qui t'entraînent à d'aussi fortes dépenses.

— Mon père, répondit Edouard sans se déconcerter, vous pouvez croire que je réclame seulement le strict nécessaire. Ma position m'impose des devoirs; je dois tenir honorablement le rang que m'assigne notre fortune.

— Tu veux dire la mienne, dit M. Belair révolté de ce sans-façon et de ces allures impudentes. Ce que je possède, il est bon que tu le saches, je l'ai amassé à la sueur de mon front. J'ai travaillé trente ans sans relâche, sans repos, car la richesse n'est point venue me visiter à mon berceau. Depuis ton enfance, tu m'as coûté trois fois plus que je n'ai reçu de mes parents.

— Je suis loin de contester votre activité, votre talent de commerçant, les peines que vous avez prises pour élever laborieusement l'édifice de votre fortune. Je me plais, mon père, à rendre hommage à la persévérance avec laquelle vous avez poursuivi votre but. Mais enfin le succès a couronné vos efforts.

— Néanmoins, je désire que tu n'oublies pas par quelle route difficile j'ai atteint le résultat que je m'étais proposé.

— L'éducation brillante que vous m'avez fait donner, mon père, a un autre but, sans doute, que le commerce; vous en conviendrez vous-même.

— Aurait-elle celui de ruiner l'ouvrage de ma vie, de dilapider sans discernement ce que j'ai amassé avec tant de peine? parle, est-ce pour cela que j'ai fait pour toi, pour ton instruction, d'énormes sacrifices?

— Non, je ne prétends pas cela, répondit le jeune homme. Mais l'éducation que j'ai reçue m'apprendra à jouir noblement de votre héritage. »

Exaspéré à bon droit de ce langage, M. Charles Belair éclata en reproches et en amères paroles, qu'Edouard écouta impassible. Puis, s'apaisant un peu, il lui signifia d'avoir, à l'avenir, à régler ses dépenses sur les fonds qu'il aurait entre les mains. « Je consens, ajouta-t-il, à payer tes dettes cette fois encore, mais à deux conditions.

— Parlez, mon père, je vous écoute, répliqua flegmatiquement le jeune homme.

— Eh bien, je veux savoir d'abord comment tu as dépensé les cinq mille francs que tu dois en ce moment. Ensuite j'exige que tu rompes avec les habitudes qui t'ont jeté dans ces voies ruineuses; il me faut une promesse formelle. S'il te reste quelque honneur, tu la tiendras; sinon, tu ne mérites que mon mépris et mon indignation. »

Edouard ne répondit pas, il semblait réfléchir; son regard vague et indécis trahissait quelque embarras.

« J'attends une réponse, reprit M. Belair d'un ton bref.

— Je vais vous donner satisfaction, mon père. Vous m'avez demandé comment j'avais contracté cinq mille francs de dettes.

— Précisément, c'est là ce que je tiens à savoir.

— Lié avec plusieurs jeunes gens fort distingués, j'ai été engagé par eux à des parties coûteuses; ensuite j'ai joué et j'ai perdu. »

Il y eut un silence de quelques minutes ; puis M. Belair reprit :

« Tu as satisfait, je veux le croire, à ma première demande : reste la seconde, par laquelle j'exige de toi la promesse formelle de ne plus hanter les sociétés qui t'ont entraîné à la dépense, au jeu, au désordre, et qui t'ont détourné de tes études. Ici encore, je l'espère, tu ne refuseras pas de m'obéir. »

Edouard demeura silencieux ; son regard se baissa sous celui de son père ; il paraissait en proie à une impression pénible.

« Ne m'as-tu pas compris? insista M. Belair, impatient d'entendre la réponse de son fils.

— Parfaitement.

— Alors acceptes-tu la condition que je t'impose et que je ne puis modifier? »

Le jeune homme continua de se taire ; mais la sourde irritation qui grondait dans son âme commença à se peindre sur son visage, dont les traits se contractèrent. M. Belair attendit un instant. Voyant qu'Edouard s'obstinait au silence,

« Refuserais-tu de me promettre ce que j'exige? interrogea-t-il d'une voix altérée par l'émotion. Parle, ne me laisse pas dans une plus longue incertitude.

— Voulez-vous donc, mon père, répliqua enfin le jeune homme d'un ton saccadé, que je vive en reclus ? Que dira-t-on de moi dans le monde en me voyant renoncer à mes amis ?

— Ce que l'on dira de toi ?

— Oui, je vous le demande ?

— On dira qu'à des accès de folie succède une conduite plus sage.

— Ajoutez, mon père, reprit Edouard dont la voix tremblait de colère, que je deviendrai la fable de ceux qui me connaissent. Non, je ne saurais supporter une pareille humiliation. Je vous le déclare nettement : je ne puis prendre l'engagement que vous prétendez m'imposer. »

M. Belair, excédé de ces résistances, irrité au dernier point de ce refus, s'écria avec violence :

« Libre à toi d'agir comme tu l'entendras. Mais, sache-le bien, je ne paierai désormais aucune de tes dettes, pas même celles que tu as contractées dernièrement et qui ont déterminé mon voyage à Paris.

— On trouvera, mon père, que vous me traitez bien sévèrement, murmura Edouard.

— Eh ! que m'importe ce que l'on pensera de moi ? je n'ai point à régler ma conduite sur les idées de tes amis ; je n'ai pas travaillé pendant de longues années pour voir dissiper aujourd'hui par toi le fruit de mes sueurs. »

En achevant ces mots, prononcés d'une voix vibrante, M. Belair se leva pour sortir. Edouard comprit qu'il avait été trop loin. Il lui importait par-dessus tout d'obtenir l'argent qui lui était nécessaire pour le moment, et la somme qu'il avait cru tenir allait lui échapper. Il se rapprocha de son père, fit un geste suppliant pour le retenir, et lui dit d'une voix adoucie :

« Veuillez oublier, mon père, les paroles qui me sont échappées tout à l'heure. Je me suis trop laissé impressionner par la crainte de l'opinion ; j'ai eu tort. Je serais désolé de perdre votre amitié. Je ferai maintenant tout ce que vous voudrez. Je vous promets de rompre entièrement avec mes amis. »

M. Belair, en entendant les protestations de son fils, sentit tomber toute sa colère. Persuadé qu'elles étaient sincères, il se tourna vers Edouard, lui tendit la main, et répondit :

« A la bonne heure, je te reconnais. Je consens à payer tes dettes, et je compte que tu tiendras loyalement parole.

— N'en doutez pas, répliqua le jeune homme : si j'ai tant hésité, c'est que je ne voulais pas m'engager sans être sûr de moi. Je ferai en sorte de ne vous donner que du contentement. »

M. Belair, heureux de la tournure inespérée que les choses avaient prises, remit à son fils les cinq mille francs, et il y ajouta deux mois de pension ; il passa la journée avec lui, et repartit le lendemain pour Auxerre en toute sécurité.

IV

Irma.

Edouard Belair habitait à Paris, dans la rue de Verneuil, une maison voisine d'un ancien hôtel devenu la propriété d'un entrepreneur enrichi. Cet homme, déjà âgé, avait fait restaurer splendidement l'habitation, à laquelle était annexé un magnifique jardin planté de vieux marronniers et de quelques ormeaux. M. Derry — c'était le nom du propriétaire de l'hôtel — avait deux enfants, un fils et une fille. Albert, l'aîné, de trois ans plus âgé qu'Edouard, fréquentait comme lui l'école de droit dont il était censé suivre les cours; mais, en réalité, il n'y faisait de rares apparitions que pour la forme. Les deux jeunes gens, ayant les mêmes idées, les mêmes goûts dispendieux, ne tardèrent pas à se lier intimement. L'un et l'autre, comptant sur la fortune de leurs parents, sur l'héritage qui, dans la suite, devait les rendre puissamment riches, pour ne perdre ni une joie ni un plaisir, ils escomptaient l'avenir, ils s'endettaient. Tout entiers au présent, ils se souciaient peu du lendemain. C'était Albert qui avait introduit Edouard dans les cercles où celui-ci, en quelques mois, avait dépensé des sommes considérables.

La sœur d'Albert, Irma Derry, avait en naissant coûté la vie à sa mère. La jeune fille dut à ce malheur d'être privée de l'éducation salutaire de la famille. Livrée dès son enfance aux soins d'étrangers, elle ne voyait que rarement son père, absorbé par des affaires multipliées, et qui, malgré l'affection qu'il portait à sa fille, ne pouvait par lui-même présider à sa première éducation. D'ailleurs M. Derry, parvenu à la fortune, ignorait complètement ce qu'exigeait de précautions délicates l'éducation d'une jeune fille. Irma demeura sous la direction d'une gouvernante jusqu'à l'âge de dix ans, où elle fut placée dans un très-bon pensionnat voisin de Paris.

Irma Derry, entrée dans ce pensionnat à l'âge de dix ans, se trouvait tout d'un coup transportée dans un monde qui contrastait étrangement avec celui qu'elle connaissait ; son intelligence était assez développée pour qu'elle pût se rendre compte de la différence : le moment était décisif pour elle. Malgré les défauts de sa première éducation, il était temps encore de réformer cette nature qui commençait à dévier. Enfant gâtée, accoutumée à faire sa volonté, à contenter tous ses caprices, Irma était venue assez volontiers au pensionnat d'Auteuil, où elle espérait jouir de la société de compagnes empressées à satisfaire ses fantaisies. Elle ne se figurait pas qu'aucun être au monde fût capable de contrarier ses goûts, encore moins de réprimer ses défauts, vantés jusqu'alors comme autant de belles qualités par des serviteurs qui avaient intérêt à les flatter.

Au bout de quelques jours ses illusions tombèrent. Le joug de la règle, le lever matinal, l'étude suivie, l'autorité qui s'imposait à elle pour la première fois, firent regretter amèrement à la jeune fille la maison paternelle où elle avait ses aises, où chacun lui obéissait comme à la maîtresse, et où son père lui-même n'était que son premier serviteur. Elle sentit qu'elle n'obtiendrait d'égards et de considération qu'en raison de sa sagesse et de son application. Cette vie parut fort dure à Irma, intolérable même, et elle résolut, dès qu'elle verrait M. Derry, de réclamer avec instance la permission de rentrer à l'hôtel de la rue de Verneuil. En effet, quand le riche entrepreneur vint au pensionnat, il y eut une scène pénible. Irma se jeta dans les bras de son père, qu'elle étourdit de ses plaintes; elle pria, elle pleura, elle se désespéra, pour obtenir de quitter l'institution. Mais heureusement, malgré sa faiblesse et son amour aveugle pour sa fille, M. Derry comprit combien il serait préjudiciable à Irma de grandir dans les fâcheuses habitudes qu'elle avait contractées, loin de tout frein et de toute subordination. Quoiqu'il l'idolâtrât et qu'il lui trouvât de merveilleuses qualités, il avait cependant fini par remarquer en elle plusieurs défauts, une insouciance profonde, une grande mollesse, un caractère obstiné et volontaire au plus haut degré. Il ne pouvait se dissimuler qu'il était urgent de la confier à des mains plus fermes et plus intelligentes. M. Derry chercha à faire entendre raison à la jeune fille, il lui promit de contenter tous ses désirs, de lui accorder, en fait de toilette, d'amusements, de fantaisies, tout ce qui serait toléré par le règlement de la maison ; il l'assura qu'il la verrait souvent, et lui demanda de se résigner par affection pour lui. Rien n'y fit. Irma se dépitait de plus belle, comptant que son père céderait, comme il l'avait fait tant de fois. Elle fut trompée dans son attente. M. Derry, bien qu'ému par les larmes de l'enfant, fut inflexible. Mais, de ce moment, Irma regarda le pensionnat comme une sorte de prison, et n'aspira plus qu'au jour qui l'en délivrerait.

Les élèves étaient peu nombreuses : soixante environ, car les maîtresses tenaient à choisir leurs enfants. La plupart étaient pieuses et donnaient complète satisfaction à leurs bonnes institutrices. Cependant il y en avait quelques-unes dont l'esprit difficile, mécontent, indiscipliné, répondait mal aux soins et au dévouement qu'on leur prodiguait.

C'était un funeste et dangereux ferment qu'il fallait surveiller sans cesse pour qu'il ne devînt pas contagieux. De temps en temps, la mesure rigoureuse d'un renvoi arrêtait le mal, et servait d'avertissement salutaire pour les jeunes filles disposées à faire bon marché de la règle et du devoir. Bientôt Irma eut fait connaissance avec ces compagnes suspectes ; elle se lia même intimement avec plusieurs d'entre elles. Mlle Augustine Allan, la directrice du pensionnat, avait essayé de la mettre en rapports avec deux élèves exemplaires, un peu plus âgées qu'Irma et du caractère le plus aimable. Mais cette tentative fut inutile. Une aversion instinctive écartait Mlle Derry des jeunes filles vertueuses ; ses préférences se portaient vers les plus dissipées. La religion, qui impose la mortification de la volonté, la répression des mauvaises inclinations, l'accomplissement persévérant du devoir, inspirait de la répulsion à Irma. En vain l'excellente directrice s'occupa-t-elle, d'une manière toute particulière, de sa nouvelle élève ; elle ne gagna rien sur cette âme volage, livrée trop longtemps à elle-même.

Le moment de la première communion venue, cette époque de renouvellement, de régénération pour tant de jeunes filles, Irma s'approcha de l'auguste sacrement avec des dispositions bien imparfaites. Elle avait suivi les instructions religieuses parce qu'elle ne pouvait faire autrement ; aussi n'en retira-t-elle que peu de fruits et une connaissance des plus superficielles des dogmes et des pratiques de la religion. Au lieu d'emporter de la table sainte une abondante provision d'enseignements, elle y recueillit à peine quelques bons sentiments que le temps devait bientôt profondément altérer. Ses dispositions douteuses et incomplètes l'empêchèrent d'y trouver cette force qui l'eût rendue, plus tard, capable de lutter contre les épreuves et les entraînements de la vie, ces semences fécondes qui, après avoir germé dans les âmes sous l'influence des rosées divines, s'épanouissent au soleil de l'adolescence en fleurs brillantes, en vertus splendides. Quelques jours après sa première communion, Irma reprit ses habitudes de frivolité et de dissipation. L'acte le plus solennel de la vie humaine, et qui marque dans l'existence une nouvelle étape, ne laissa pas de trace en elle. Ce fut ainsi qu'Irma atteignit l'âge de seize ans. Tous les défauts de la jeune fille, au lieu de disparaître ou de décroître sous l'action d'une éducation excellente, avaient grandi. Les conseils et les bons exemples n'avaient pas même effleuré son âme.

Un jour, presqu'à la veille de son départ, sa digne maîtresse, Melle Augustine Allan la prit en particulier. C'était un soir du mois d'août, peu de temps avant la fête de l'Assomption. Elle conduisit la jeune fille dans l'une des allées sablées du parc, vers un endroit solitaire, ombragé par une voûte de feuillage découpée en ogive, comme celles de nos vieilles cathédrales. Irma demeurait silencieuse ; mais la pensée de sa sortie prochaine du pensionnat la comblait d'une joie secrète qu'elle avait peine à dissimuler ; sa maîtresse, habituée à lire dans le cœur de ses élèves, ne dût pas s'y tromper.

« Mon enfant, lui dit enfin Melle Augustine, vous allez nous quitter dans peu de jours. Ce sera une séparation pénible pour nous toutes qui vous aimons sincèrement et qui souhaitons ardemment votre bonheur. Je tenais à vous voir pour vous faire connaître encore une fois combien je vous suis attachée.

— Aussi, répondit Irma, vous suis-je infiniment reconnaissante, mademoiselle, de l'affection et des soins que vous m'avez prodigués.

— J'ose espérer, Irma, reprit Melle Augustine d'une voix émue, que vous vous souviendrez toujours des leçons que vous avez reçues ici, et que vous les mettrez en pratique dans le monde où vous allez entrer.

— Pouvez-vous en douter, mademoiselle, répliqua la jeune fille d'une manière évasive.

— Je sais que vous avez bon cœur ; je compte donc sur vos promesses.

— J'essaierai de les tenir fidèlement.

— Je vous sais gré de ce langage, mon enfant. Mais permettez-moi encore quelques conseils ; ils seront dictés par la vive amitié que je ressens pour vous et par la sollicitude que j'éprouve pour votre avenir.

— Ce sera avec plaisir, mademoiselle, que j'accueillerai vos bons avis, qui ne pourront que me guider dans la vie nouvelle que je vais mener, repartit Irma d'un ton affecté.

— Soyez convaincue, mon enfant, que personne ne s'intéresse à vous plus que moi; je serais désolée de vous savoir malheureuse un jour.

— J'espère que vos craintes ne se réaliseront pas, interrompit la jeune fille avec légèreté. Grâce à Dieu, mon père laissera un bel héritage à mon frère et à moi; nous serons riches l'un et l'autre. »

Melle Augustine, contristée de cette réflexion qui attestait l'esprit superficiel et les sentiments frivoles d'Irma, reprit avec un véritable serrement de cœur, qui se traduisit par l'altération de sa voix :

« La richesse si grande soit-elle, sachez-le, mon enfant, ne suffit pas au bonheur; il faut encore la vertu, l'amour du devoir, du sacrifice; il faut une vie occupée. Nous avons tous, ici-bas, une mission à remplir, déterminée par Dieu, à laquelle nul ne doit se soustraire. Le bien-être matériel, les faveurs de la fortune n'imposent qu'une obligation de plus, celle d'en user avec modération et d'en faire profiter les pauvres, ces déshérités de ce monde, que le riche doit adopter. »

Irma ne put réprimer un sourire. Sa maîtresse s'en aperçut, et ajouta d'un ton sévère et triste à la fois :

« Vous croyez peu à mes paroles, Irma. Votre attitude, votre sourire me chagrinent et me font craindre beaucoup pour vous.

— Je souris, répondit la jeune fille avec une aisance qui démontrait de plus en plus combien elle était peu propre à comprendre le langage élevé que lui tenait Melle Augustine, je souris parce que je me demande à quoi je pourrai m'occuper chez mon père, maintenant que mon éducation est terminée. Une fois de retour dans ma maison, mon père me produira dans le monde. Les visites à faire ou à recevoir, les bals, les soirées, les spectacles, les relations obligées, dont l'usage ou la mode font une loi aux personnes de notre rang, absorberont tous mes instants. »

L'excellente directrice put mesurer, d'après ces paroles, la valeur morale d'Irma, la fausseté de ses idées, de son jugement, la frivolité de ses inclinations, l'absence, dans cette âme, de toute pensée sérieuse. Rien d'élevé ne se révélait dans cette nature, toute pétrie de vanité, de légèreté, et dévorée par la fièvre des joies mondaines. Melle Augustine, jugeant inutile de poursuivre la conversation sérieuse qu'elle avait voulu avoir avec Irma, ne chercha pas à réfuter ce que celle-ci venait de dire ;

elle se contenta de l'inviter à revenir de temps en temps au pensionnat où elle serait toujours parfaitement accueillie. La jeune fille promit par politesse plutôt qu'avec l'intention de remplir son engagement.

Quelques jours plus tard, M. Derry, alors retiré des affaires, vint chercher sa fille, qu'il installa dans son hôtel comme maîtresse de sa maison ; c'est-à-dire avec pleine liberté pour elle de satisfaire ses goûts et ses caprices.

V

Le Mariage.

Durant les premiers jours qui suivirent son retour dans sa famille, Irma se livra tout entière au bonheur tant désiré de se sentir libre et indépendante. Son père, d'ailleurs, n'était pas homme à la contrarier dans ses projets de plaisir et de fêtes ; il professait cette maxime facile, *qu'il faut que jeunesse s'amuse ;* il se fut fait scrupule d'y contrevenir. Indifférent en matière religieuse, occupé pendant de longues années d'intérêts matériels, au soin desquels il s'était adonné corps et âme, il avait poursuivi avec acharnement la fortune sur les routes de ce monde, et la fortune avait libéralement couronné ses efforts opiniâtres. Maintenant que le résultat auquel il avait voué sa vie était obtenu, il s'endormait tranquillement, au sein de la richesse, et il prétendait que ses enfants jouissent avec lui du fruit de ses travaux. Ne prisant que le confort de l'existence, faisant consister l'honnêteté à ne faire de mal à personne, et ne demandant pas davantage à ceux qui l'entouraient. M. Derry était incapable d'exercer une surveillance sérieuse sur son fils et sur sa fille. Il ne comprenait pas l'importance de la direction première qui imprime aux jeunes âmes leurs inclinaisons définitives et les penche ordinairement pour toujours vers la vertu ou vers le vice.

Irma, dans la maison paternelle, se trouva donc, à sa grande satisfaction, totalement affranchie de contrôle et de discipline. A seize ans, maitresse de ses actes, sûre d'être approuvée, quoi qu'elle fît, la jeune fille ne voyait rien qui pût l'arrêter dans la réalisation de ses désirs.

Mlle Derry était favorisée des dons extérieurs, et elle ne le savait que trop; pourtant son père, ses amies le lui rappelaient souvent encore, éloges pernicieux qui l'enivraient et achevaient de pervertir ce qui restait d'intact en elle. Déjà, malgré sa jeunesse, elle rêvait à une brillante position; elle spéculait sur l'acte le plus important de la vie d'une jeune fille, et voulait une alliance riche qui accrût sa fortune et sa considération dans le monde opulent qu'elle fréquentait. Ses journées s'écoulaient invariablement remplies par les mille futilités qui absorbent les instants d'une femme frivole. Elle consacrait la matinée entière à sa toilette; puis elle sortait, accompagnée de sa femme de chambre, de son père ou même de son frère qui résidait à la maison paternelle.

Albert Derry, dont nous avons dit quelques mots déjà, n'avait pas mieux profité que sa sœur de l'éducation qu'il avait reçue. Doué d'une belle intelligence, au lieu d'employer ses rares facultés au bien, il s'était voué, dès qu'il l'avait pu, à une vie désordonnée qui l'entraînait à d'énormes dépenses. Son père lui avait abandonné les revenus des biens de sa mère, et lui payait en outre une large pension. Albert avait d'abord suivi les cours de droit, où ses débuts avaient été marqués par des succès. Mais il se dégoûta bientôt de ces études et finit par y renoncer. L'amour de l'indépendance l'emporta sur des inclinations qui, si elles eussent été dirigées et encouragées, l'eussent peut-être attiré vers la science. Ce dernier frein brisé, le jeune homme lâcha la bride à ses passions fougueuses; le jeu, les chevaux, les parties de plaisir absorbèrent sa vie. Il s'y livra avec un tel emportement, que sa santé en souffrit. Mais il se mettait peu en peine de ces accidents. Semblable à ces hommes dont parle le Sage, et dont le regard obscurci ne pénètre jamais les voiles qui nous dérobent un autre monde, il s'écriait : *Couronnons-nous de roses, demain nous mourrons.* Devenu l'ami d'Edouard Belair, il acheva de ruiner en lui les sentiments religieux, ce qui ne fut point difficile. A partir de ce moment, les deux jeunes gens furent inséparables. Edouard venait souvent à l'hôtel de M. Derry, où il était toujours parfaitement accueilli.

Les choses en étaient là, quand M. Belair père vint à Paris, comme il a été raconté précédemment, pour mettre un terme aux folies de son fils et tenter de l'amener à une vie plus régulière. La promesse qu'Edouard avait faite à son père l'eût obligé, s'il eût été de bonne foi, à rompre d'abord avec Albert Derry, dont les conseils et les exemples l'avaient conduit à ces parties ruineuses dont M. Belair avait fini par s'effrayer. Les premiers jours qui suivirent le départ de son père, le jeune homme, sans projet arrêté, évita cependant de revoir ses funestes amis, et Albert en particulier.

Mais un jour, étant entré dans un café, il y aperçut Albert Derry, en compagnie de plusieurs jeunes gens de famille opulente, qui, chaque semaine, jetaient des monceaux d'or sur le tapis vert. En voyant son ami, Albert se leva, alla à lui et lui tendit la main, en disant d'un ton quelque peu ironique :

« Décidément, mon cher Belair, tu te fais ermite?

— Moi, pas du tout, répondit Edouard, qui craignait les railleries de ses compagnons de dissipation.

— Comment! mais il y a un siècle que nous ne

l'avons vu. C'est fort heureux que nous nous soyions trouvés ici ; sans cette circonstance fortuite, qui sait si tu ne nous aurais pas faussé compagnie?

— Mais, non, murmura Edouard embarrassé.

— Enfin, qu'es-tu devenu pendant ces derniers jours? personne de nous n'a entendu parler de toi. »

Le jeune homme, pour toute réponse, balbutia quelques mots inintelligibles. Albert reprit :

« Allons, sois franc ; il s'est passé quelque chose chez toi depuis notre dernière course à Versailles.

— Que veux-tu qu'il y ait. Je te jure qu'il ne m'est rien arrivé d'extraordinaire.

— Je l'ignore. Mais, je suis sûr que ce n'est pas sans raison que tu t'es éloigné de nous. Ah! mon cher, que tu as perdu à cette absence! quelle joyeuse vie nous avons menée! — Au surplus, nous nous sommes conduits en véritables gentleman, comme disent les Anglais. Nous rendons service à la société en dépensant noblement nos revenus. Mais, tiens, assieds-toi là près de nous. »

En même temps Albert, prenant Edouard par le bras, le poussa vers un siége sur lequel le jeune homme prit place machinalement, à côté de ses amis, qui lui tendirent tous la main en s'écriant :

« A la bonne heure! tu nous manquais, Edouard. Tu fais bien de nous rejoindre. Sois donc le bienvenu parmi nous. »

La conversation s'engagea, pétillante de bons mots

et de gais propos. Edouard finit par y prendre part lui-même. Bref, en quelques instants, il se trouva plus enchaîné que jamais. Ce soir-là il dépensa ses deux mois de pension. Quand il fut rentré chez lui, il envisagea de sang-froid sa position et tomba dans une sorte de désespoir. Il passa une partie de la nuit, tantôt assis devant son bureau, la tête dans ses mains crispées, tantôt se promenant avec agitation dans sa chambre, formant et abandonnant tour à tour mille projets plus impraticables les uns que les autres. Enfin, le matin, il lui vint une idée soudaine qui lui traversa l'esprit comme un rayon de lumière ; il parut s'y arrêter et la caresser avec complaisance, car son visage s'épanouit un instant. Il répara à la hâte le désordre de sa toilette, fit disparaître avec soin, autant qu'il le put, les traces de la fatigue ou de la préoccupation, prit sa canne, son chapeau, ses gants, et sortit en fredonnant un air d'opéra. Il chemina quelque temps d'un pas assez rapide, car il faisait froid, et la bise soufflait avec force. Ayant gagné le quai, il le suivit quelque temps, traversa le Pont-Neuf, longea la rive droite de la Seine en remontant le cours du fleuve, puis tourna à gauche et atteignit la place de l'Hôtel-de-ville. L'horloge marquait huit heures. Là Edouard sembla hésiter quelques minutes; il se retourna comme pour mesurer la distance qu'il avait parcourue. Mais bientôt il reprit sa course du même pas et s'engagea dans la rue du Temple. Ayant jeté un coup d'œil sur la droite, il pénétra dans la rue Sainte-Croix-de-la-Bretonnerie, puis dans la rue étroite et obscure de l'Homme-armé. Il s'avançait maintenant lentement, interrogeant les numéros de gauche. Tout à coup il s'arrêta devant une porte massive, ferrée d'énormes clous. De sa main, élégamment gantée, il souleva un marteau pesant et rouillé, qui, en retombant, rendit un son mât et sourd. Au bout de quelques instants, un guichet découpé dans la porte s'entrouvrit, et une voix cassée demanda :

« Qui est là ?

— Ouvrez, » dit brièvement le jeune homme.

L'interlocuteur parut hésiter ; il examina encore son visiteur matinal ; puis, refermant le guichet, il se décida à tirer les verroux, et entre-bâilla la porte. Edouard la poussa sans cérémonie, et s'introduisit dans une petite cour.

« Que voulez-vous ? » demanda un petit homme vêtu d'une longue lévite et la tête couverte d'un vieux bonnet de soie.

« J'ai besoin de vous, Samuel, répondit Edouard en avançant d'un pas.

— Qui êtes-vous ? interrogea encore l'hôte défiant en face de qui se trouvait le jeune homme.

— Je vous le dirai tout à l'heure. Ne comprenez-vous pas que ce lieu est peu propre à une confidence? par ce temps rigoureux, un dialogue en plein air n'est pas de bon goût.

— Que demandez-vous? dit-il.

— Vous devez le savoir, Samuel; on vient rarement vous faire une simple visite de politesse, à vous autres enfants d'Israël. Il me faut de l'argent. »

Le vieux juif entr'ouvrit ses lèvres minces, qu'effleurait un rire étrange et silencieux.

« Allons, Samuel! combien pouvez-vous me donner?

— Mais cela dépend. Qui me fournira des garanties? quelle caution avez-vous à m'offrir? qui êtes-vous, enfin?

— Pour votre sûreté, vous aurez ma signature, qui, j'ose le croire, vaut toutes les cautions possibles et peut satisfaire les plus difficiles. Mon père habite Auxerre, où il possède des propriétés considérables; il passe pour l'un des hommes les plus riches de la ville.

— Quel est le chiffre de sa fortune? ne me trompez pas, jeune homme? vous comprenez que je me réserve de contrôler vos affirmations.

— Mon père jouit d'une trentaine de mille livres de rentes.

— Quel est le nom de votre père?

— M. Charles Belair, ancien négociant, demeurant actuellement rue de Paris à Auxerre. »

A ces mots, le visage du juif exprima moins de méfiance ; un sourire de satisfaction erra sur ses lèvres pâles.

« En effet, grommela-t-il, je crois avoir déjà entendu prononcer ce nom. Cependant, jeune homme, vous n'ignorez que, par le temps qui court, un prêteur prudent ne saurait prendre trop de précautions. Avez-vous ici, à Paris, quelqu'un qui puisse me renseigner? »

Edouard réfléchit quelques minutes ; puis il répondit lentement :

« Vous sentez, Samuel, que mes relations avec vous doivent rester secrètes ; pourtant, s'il vous faut absolument quelqu'un qui vous rassure, je crois pouvoir compter sur l'un de mes amis.

— Son nom? demanda Samuel.

— Albert Derry. Il habite l'hôtel de son père, rue de Verneuil.

— Cela suffit. Je connais MM. Derry père et fils.

— Dites la somme qui vous est indispensable. »

Edouard, avec l'etourderie qui le caractérisait, n'avait pas pensé, en venant trouver l'usurier, à la somme qu'il lui demanderait. Aussi répondit-il au hasard :

« Trente mille francs me seraient nécessaires.

— Trente mille francs! répéta le juif, comme vous y allez, jeune homme !

— Trouvez-vous que ce soit trop? En ce cas

dites-le. Faites-moi connaître la somme dont vous pouvez disposer.

— Je ne dis pas que c'est trop, bon jeune homme, répondit Samuel d'un ton patelin. Je ne me permettrais pas de m'ingérer dans vos affaires. Vous seul pouvez évaluer à quelles dépenses vous oblige votre position. Cela ne me regarde pas. Je veux bien vous prêter la somme que vous avez déterminée. »

Edouard Belair, ravi de l'apparente facilité du juif, le remercia chaleureusement.

« Quel service vous me rendez, lui dit-il, et combien je vous en sais gré! Croyez-le bien, je saurai reconnaître libéralement votre bon vouloir.

— Voici mes conditions, reprit Samuel : Vous me souscrirez un effet, dans lequel vous reconnaîtrez me devoir soixante mille francs payables dans un an. »

Edouard Belair pâlit à cet énoncé; le juif prêtait à cent pour cent! Cependant il se tut et fit signe qu'il consentait. Tout étant réglé de la sorte, il se retira. Le lendemain soir, Edouard revint à la rue de l'Homme-armé et frappa comme la veille; cette fois, la porte s'ouvrit sur-le-champ. Samuel accueillit avec courtoisie son visiteur et lui fit les honneurs de son domicile; il lui présenta le papier sur lequel le jeune homme souscrivit la reconnaissance convenue, et il lui remit la somme de trente mille francs. Edouard se levait pour se retirer ; mais le juif le retint d'un geste qu'il accompagna de son rire silencieux :

« Un instant, jeune homme, lui dit-il; j'ai un conseil à vous donner, un bon conseil qui vaut de l'or en barres. »

Et comme Belair regardait son étrange interlocuteur avec étonnement,

« Oui, l'ami, reprit celui-ci, je puis vous être utile encore. Le vieux Samuel a de l'expérience, croyez-le.

— Que voulez-vous dire ?

— Je vous engage à vous marier. Epousez une femme riche, plus riche que vous, s'il est possible. Votre père sera obligé de dénouer les cordons de sa bourse ; votre femme aura sa dot, et vous pourrez ainsi attendre moins malaisément l'héritage de M. Charles Belair.

— Au fait, c'est une excellente idée que vous me donnez là, répondit Edouard, et j'y penserai. Mais je ne connais personne, aucune famille....

— Vous vous trompez, jeune homme, répliqua Samuel. Votre ami, M. Albert Derry, n'a-t-il pas une sœur qui, un jour, sera fort riche. Le mariage l'émancipera; vous entrerez immédiatement en jouissance des biens de sa mère, et vous pourrez disposer, de la sorte, de quelques centaines de mille francs.

— En effet, dit Edouard, la combinaison n'est pas à dédaigner. Je vous remercie du conseil. »

Là-dessus, le jeune Belair prit congé du juif. Pendant plusieurs jours il se préoccupa de l'avis qu'il avait émis, et résolut à la fin de le suivre. S'étant ouvert à Albert, au sujet de sa sœur :

« Mon père, répondit celui-ci, consentira difficilement à vous accorder la main d'Irma, à moins que M. Charles Belair ne vous abandonne une partie de sa fortune. »

En conséquence, Edouard écrivit à Auxerre pour traiter cette affaire. Mais son père, soupçonnant une ruse, lui répondit vaguement, l'engageant à ne point se hâter et à mûrir un projet aussi important que celui du mariage. Six mois s'étaient à peine écoulés depuis la visite d'Edouard à la rue de l'Homme-armé, et déjà l'argent du prêt touchait à sa fin ; le jeune homme commençait à se préoccuper de l'échéance et des moyens de faire face à de nouvelles dépenses. Sa position menaçait d'empirer quand, un matin du mois de juillet de l'année 1831, il reçut une lettre de son oncle, M. Jacques Damey, qui le mandait à Auxerre. M. Charles Belair venait de tomber gravement malade, disait la dépêche, et il réclamait son fils. Edouard, ayant prévenu Albert de ce qui arrivait, partit sur-le-champ. A son arrivée, il trouva son père mourant. M. Belair, atteint d'une violente fluxion de poitrine, avait té conduit en quelques jours, par la maladie, aux portes du tombeau. Par les soins de M. Damey, il vit un prêtre, se réconcilia avec Dieu et se prépara à finir chrétiennement. La présence d'Edouard appela un sourire sur les lèvres du moribond; il accueillit son fils avec bonheur, et lui recommanda instamment de suivre les conseils de son oncle et de remplir les promesses qu'il lui avait faites à lui-même quelque temps auparavant. M. Belair expira le lendemain. Comme Edouard était majeur, il entra aussitôt en possession de la fortune paternelle. Six semaines après il retournait à Paris, muni d'une somme de cent mille francs en diverses valeurs, avec laquelle il s'acquitta de ce qu'il devait au juif Samuel.

Deux mois plus tard, Edouard Belair demanda la main d'Irma Derry et l'obtint sans peine. Le mariage eut lieu à la fin du mois de mars de l'année suivante, à l'église Saint-Germain-des-Prés. Irma, qui connaissait Edouard pour l'avoir vu plusieurs fois à l'hôtel de son père, s'était éprise de lui, autant à cause de la fortune qui attendait le jeune homme que pour ses manières élégantes. Elle donna donc facilement son consentement; cette alliance réalisait pleinement ses vœux.

VI

La Lune de miel.

Aussitôt après leur mariage, Edouard Belair et Irma quittèrent Paris, prirent la route de Suisse et s'arrêtèrent quelque temps aux bords du lac de Genève. Puis ils parcoururent les plus beaux sites du pays, visitèrent plusieurs cantons voisins, et vinrent à Auxerre à la suite de cette rapide et charmante excursion.

Le lendemain de la conversation entre les nouveaux mariés et M. Jacques Damey, leur oncle, conversation dont nous connaissons les résultats, Irma témoigna à son mari le désir de profiter du beau temps pour faire une promenade dans la campagne.

« Je ne connais pas encore, dit-elle, les environs d'Auxerre, si j'en juge par le coin de la vallée que nous pouvons apercevoir d'ici, c'est frais et délicieux ; le paysage me paraît riche et varié.

— Je ne demande pas mieux, répondit Edouard

en réprimant avec peine un bâillement, car je commence à m'ennuyer à mourir. Cette petite ville est un tombeau ; il me semble qu'on y étouffe. Il me faut à moi, je le sens, l'activité de Paris.

— Cependant, reprit Irma, il convient que nous prolongions quelque temps notre séjour à Auxerre. Tu sais, Albert, que plusieurs raisons doivent nous y retenir encore. D'abord, mon père viendra probablement nous y rejoindre dans quinze jours ; du moins sa dernière lettre nous le faisait espérer : ce serait inconvenant d'abréger notre villégiature, nous semblerions refuser de le recevoir. Ensuite il y aura, vers cette époque, un grand bal à la Préfecture, auquel nous sommes invités.

— Oui sans doute, nous devons rester, je ne l'ignore pas. Mais, en attendant la venue de ton père et la fête du préfet, que faire ?

— Nous tâcherons de découvrir quelques moyens de distractions.

— Mais lesquels? demanda Edouard avec une certaine angoisse. Je connais peu de monde dans cette ville de petits rentiers, dont mon cher oncle t'a offert hier un échantillon.

— Nous visiterons les hameaux, les vallées des environs ; nous ferons connaissance avec les curiosités du pays ; nous tâcherons de couler notre vie le moins mal possible.

— Il y a peu de chose à voir dans la contrée, si

ce n'est les grottes d'Arcy-sur-Cure et les canons pittoresques qui confinent au Morvan. »

En achevant ces paroles, M. Edouard Belair, qui se trouvait avec sa femme dans le petit salon d'entrée, ouvrit la fenêtre donnant sur la cour et appela :

« Pierre !

— Monsieur ! » répondit une voix sortant de la remise.

Un instant après, le cocher apparut dans son costume officiel.

« Que demande Monsieur ? dit-il en s'inclinant, son chapeau à la main.

— Attelez le cheval gris-pommelé à la calèche ; nous sortons.

— Il suffit, Monsieur. »

Au bout d'une demi-heure, Edouard et sa jeune femme traversaient la ville d'Auxerre, le pont jeté sur la rivière de l'Yonne, et prenaient la route de Brienon ; parvenus hors de l'enceinte, ils ordonnèrent au cocher de ralentir le pas de son cheval, et parcoururent lentement la voie soigneusement entretenue et parfaitement alignée qui s'allonge vers le village de Monéteau, toute bordée de peupliers ombreux, de vignobles, de prairies artificielles, de champs admirablement cultivés. Mais Edouard Belair et Irma étaient peu propres à goûter les beautés de la nature. L'âme desséchée de bonne heure par une vie désœuvrée, nourris dans les habitudes luxueuses et frivoles d'une certaine société, ils étaient incapables de se plaire au spectacle des scènes à la fois simples et grandioses qu'offre la campagne; aucune fibre poétique ne vibrait en eux; l'air pur qu'ils respiraient, la senteur pénétrante des trèfles et des luzernes en fleurs, le magique panorama qui se déroulait à leurs regards, ne leur firent aucune impression; à peine s'ils daignaient de temps en temps adresser un coup d'œil à ces merveilles que Dieu prodigue si libéralement; leurs cœurs, leurs pensées étaient ailleurs. Ils ne tardèrent pas à reprendre le chemin de la ville. Le soir, ils reçurent quelques visites qu'ils rendirent les jours suivants.

Quinze jours s'écoulèrent ainsi assez péniblement; puis, Albert Derry arriva seul. M. Derry, atteint d'une indisposition subite qui l'obligeait à garder la chambre, avait dû renoncer au voyage projeté. La présence du frère d'Irma mit quelque mouvement dans la maison d'Edouard. Albert, mêlé au tourbillon de la vie parisienne, au courant de toutes les chroniques plus ou moins scandaleuses, apportait beaucoup de nouvelles, et comme il savait les broder à merveille, donner du relief aux moindres aventures, il ne pouvait manquer de distraire, au moins quelques instants, son beau-frère et sa sœur.

Le bal de la préfecture devait avoir lieu le surlendemain. Albert y fut invité avec Edouard et Irma, et il accepta volontiers. Mme Belair attendait la fête avec impatience, espérant y briller par sa parure et sa mise. C'était là pour elle une trop belle occasion de triomphe pour qu'elle la négligeât. Accoutumée à recevoir des hommages, même à Paris, elle ne doutait pas qu'il lui fût facile dans une ville de province de distancer les femmes les plus élégantes. Edouard Belair, qui tenait à faire montre de son opulence, encourageait encore sa femme dans ces idées qui ne pouvaient manquer de se traduire par d'énormes dépenses.

Mme Belair passa à sa toilette une partie de l'après-midi qui précéda le bal : elle se couvrit littéralement de bijoux et de dentelles, le tout agencé avec un goût parfait. La jeune femme était resplendissante de beauté et de fraîcheur. Son apparition dans le salon de la préfecture fit une immense sensation : la grâce et l'élégance de ses manières obtinrent les hommages unanimes des assistants. Le préfet et sa femme la reçurent avec une exquise politesse et lui adressèrent, ainsi qu'à son mari, les compliments les plus flatteurs. Puis, chacun s'empressa autour de l'heureux couple qui s'enivrait de ces louanges plus ou moins sincères. Dans ces sortes de réunions, contrairement à l'adage de la Sagesse des nations, c'est véritablement l'habit qui fait le personnage; le monde s'arrête devant ces brillantes apparences comme il ferait devant une statue pour en admirer les proportions sculpturales. La soirée dédommagea Irma des ennuis qu'elle avait éprouvés depuis son séjour à Auxerre.

La fête de la préfecture se termina à une heure du matin, trop tôt encore au gré de Mme Belair, que la joie et l'orgueil transportaient. Pendant plusieurs jours, le luxe qu'Irma avait déployé fit l'entretien de la haute société. Quand on sut que Mme Belair se proposait de donner une soirée en son hôtel, on l'attendit comme un événement de grande importance, et ce fut à qui briguerait l'honneur d'y être invité. Albert, de son côté, avait retrouvé dans les salons du préfet, l'un de ses anciens amis, autrefois joueur effréné, mais qui s'était rangé en se mariant et en devenant conseiller de préfecture. Ayant renoué connaissance, les deux jeunes gens reprirent leurs anciennes habitudes; ils jouèrent avec fureur, et Albert gagna une somme assez ronde.

La soirée annoncée chez Mme Belair eut lieu au jour fixé. Elle ne trompa point l'attente générale et fut des plus brillantes, tant par la qualité des invités, que par l'éclat des toilettes, la merveilleuse entente et l'ordonnance de la fête. Irma se surpassa. Il semblait que son esprit, nul pour tout le reste, se fût dépensé tout entier en cette circonstance. Mais aussi ces satisfactions d'amour-propre furent coûteuses et amenèrent d'autres fêtes plus coûteuses encore.

VII

Une Tombe et un Berceau.

Peu de jours après la soirée qu'elle avait donnée, Mme Belair reçut une lettre de Paris qui lui annonçait que son père était plus malade. L'indisposition de M. Derry, légère d'abord, s'aggrava subitement; une fièvre violente survint, dont les efforts des médecins furent impuissants à triompher. Le malade, comprenant que son état était critique, et sentant ses forces diminuer rapidement, réclama la présence de ses enfants. Malgré sa nature légère, frivole, dissipée, Irma aimait son vieux père, qui s'était montré toujours si bon, si dévoué pour elle. Aussi ne put-elle penser qu'avec consternation à la possibilité de le perdre. Au reçu de la lettre, elle fit ses préparatifs de départ, et ne tarda pas à se mettre en route pour Paris, avec Edouard et Albert.

Quand M. Derry vit entrer ses enfants dans sa chambre, un rayon de joie éclaira sa figure défaite, amaigrie; il était si faible, qu'il pouvait à peine parler. Il tendit les bras à sa fille, à son fils, à son gendre, et il leur dit combien il était heureux de les revoir. Le malade ayant témoigné le désir de rester seul avec Irma, Albert et Edouard Belair sortirent de l'appartement. Alors M. Derry arrêtant son regard sur sa fille, lui dit :

« Mon enfant, je crois que tu es venue à temps, car je sens que je m'en vais.

— Pourquoi désespérer, mon père, répondit Irma d'une voix émue? la science offre bien des ressources encore; vous avez d'habiles médecins.

— Ma maladie est très-grave; je ne dois plus me faire d'illusions. Je désire que tu me rendes un dernier service; c'est pour cela que j'ai voulu te voir seule.

— Vous savez, mon père, que je ne souhaite rien tant que de vous être agréable. »

Le vieillard sembla se recueillir un instant; puis, prenant la parole :

— Vois-tu, Irma, reprit-il, j'ai été élevé par des parents chrétiens, et je voudrais mourir en chrétien, afin de suivre leurs bons exemples. »

La jeune femme surprise, ne répondit pas.

« Ma fille, continua le malade avec un effort, il faut que tu me fasses venir un prêtre.

— Je vous en prie, mon père, écartez ces pensées lugubres, vous n'en êtes pas encore arrivé à une extrémité telle, qu'il soit nécessaire de penser à ces tristes préparatifs. Ce sera pour un peu plus tard, si votre situation empire.

— Non, ce sera le plus tôt possible. Je tiens, pendant que j'ai encore ma connaissance, à remplir mes devoirs religieux, que j'ai trop longtemps négligés. »

Irma, péniblement affectée de l'insistance de son père, ne fit cependant plus d'objections, mais elle garda le silence. Sans être absolument irréligieuse, elle partageait le préjugé vulgaire qui regarde la présence du prêtre au chevet des malades comme un symptôme de mort. Elle sortit, quoiqu'à regret, pour s'acquitter de la mission que lui avait confiée M. Derry. Auparavant, elle alla trouver son mari pour lui communiquer le désir du malade et le prévenir de l'acte qui se préparait. Albert entra en même temps que sa sœur dans l'appartement où se tenait Edouard. A la nouvelle que son père voulait recevoir les sacrements de l'Eglise, Albert, qui joignait l'impiété forcenée au vice, se mit en fureur ; il protesta avec d'affreux blasphèmes qu'il ne souffrirait jamais qu'un prêtre franchît le seuil de sa maison, et il défendit à sa sœur d'accomplir la démarche qui lui était prescrite. Edouard Belair, tout en désapprouvant au fond du cœur l'opposition que son beau-frère apportait à l'exécution des légitimes volontés d'un mourant, n'osa répliquer. Irma, irrésolue, demeura dans un cruel embarras. Elle retourna bientôt auprès de M. Derry, qui lui demanda si elle avait envoyé chercher un prêtre. Mme Belair avoua qu'Albert l'avait défendu. M. Derry appela son fils sur-le-champ; et, se soulevant sur sa couche,

« Je suis encore le maître ici, s'écria-t-il douloureusement et d'une voix indignée, malheureux qui l'oublierait !... »

Puis il sonna, et son valet de chambre s'étant présenté, il lui ordonna d'aller sans retard chercher un prêtre à l'église Saint-Germain-des-Prés.

Le prêtre ne se fit pas attendre. M. Derry l'accueillit comme un envoyé de Dieu; il se confessa, reçut avec foi et piété les sacrements de l'Eglise, et regarda, calme et confiant, la mort s'approcher.

Le jour où il rendit le dernier soupir, ayant fait venir près de son lit de mort son fils, sa fille et Edouard Belair, il leur fit ses adieux et ses suprêmes recommandations avec un accent attendri qui émut M. Belair lui-même. Puis, s'adressant à Albert,

« Mon fils, lui dit-il, je te pardonne d'avoir voulu me priver des consolations religieuses. Hélas! peut-être ai-je été gravement coupable envers toi : je n'ai sans doute pas assez veillé à ce que ton éducation fût chrétienne; surtout, j'ai négligé de te donner l'exemple de l'observation des devoirs que l'Eglise impose, et je me le reproche vivement à cette heure. Je prie Dieu de me faire miséricorde à ce sujet et de considérer mon repentir. »

Albert paraissait mal à l'aise et singulièrement peiné de ces observations.

Le mourant ajouta :

« Sache-le bien : l'impiété est toujours funeste, même dès cette vie ; souvent elle conduit aux abîmes. Il ne faut jamais se jouer de Dieu. »

Albert se tut ; mais sa figure contractée, son œil hagard exprimaient ce qu'il ne disait pas, le mépris mêlé d'irritation que lui inspirait ce solennel avis donné sur la limite extrême de ce monde ; ces reproches graves et doux en même temps, tombés des lèvres d'un père, l'impressionnaient désagréablement. Aucun souvenir, aucune trace des instructions chrétiennes de son enfance ne subsistaient plus dans l'esprit du jeune homme : les passions, les désordres de tout genre avaient étouffé les semences religieuses déposées autrefois dans son cœur.

M. Derry expira peu d'instants après la scène que nous venons de raconter.

Irma se montra sincèrement affligée de cette mort. C'était le premier chagrin sérieux qu'elle eût éprouvé. Elle pleura son père, et ce deuil fit trêve quelque temps aux fêtes et aux dissipations habituelles.

Le partage de l'héritage se fit assez paisiblement, grâce aux mesures d'ordre qu'avait prises M. Derry. Avec l'esprit d'exactitude et l'entente des affaires qui le caractérisaient, il s'était étudié à écarter toute cause, tout prétexte même de discussion relativement à sa succession ; de sorte que chacun de ses enfants, connaissant à l'avance les dispositions arrêtées dans le testament, entra tranquillement en possession de la part qui lui revenait. Il faut dire que la plus sévère impartialité avait présidé au règlement fait par M. Derry. La maison de la rue de Verneuil échut à Albert. Edouard Belair et sa femme allèrent s'établir dans une vaste et belle habitation, appartenant à la mère d'Irma, et située dans la rue de Condé, près du jardin du Luxembourg. Dès que les affaires furent arrangées, les jeunes époux retournèrent à Auxerre, où ils demeurèrent jusqu'à l'hiver, saison qu'ils revinrent passer à Paris. Ils s'installèrent dans leur maison de la rue de Condé, dans laquelle ils avaient ordonné quelques changements.

Edouard, pendant l'hiver, fit à Auxerre deux voyages, nécessités par ses affaires. Le reste du temps s'écoula pour lui, soit auprès de sa femme, qui sortit peu à cause de la mort récente de M. Derry, soit en visites à ses anciens amis. Peut-être un peu moins désordonnée qu'autrefois, la vie de M. Belair n'en était pas plus occupée. Cependant il se préparait un événement qui pouvait avoir une heureuse influence sur l'ensemble de sa conduite et l'amener à rompre ses habitudes de dissipation : Irma allait être mère. Quoiqu'il se fût marié par intérêt et en vue de la fortune considérable de M. Derry, Edouard aimait sa femme. Si le caractère d'Irma eût été moins léger, si sa première éducation eût réussi à former son âme à la vertu, elle eût exercé une action immense sur son mari, et déterminé peut-être en lui un amendement complet ; mais il n'en était pas ainsi. La naissance d'un fils, qui fut appelé Charles, comme son aïeul, causa une joie intime et profonde aux deux époux et modifia leurs sentiments ; et cette fois ce fut avec bonheur qu'ils retournèrent à Auxerre respirer l'air de la campagne qui devait être salutaire au nouveau-né.

M. Jacques Damey, informé de l'événement par une lettre, félicita son neveu et sa nièce. Quand ils furent arrivés à leur villa, il s'empressa de les y visiter, et fut mieux accueilli que d'habitude.

« Décidément, cher oncle, dit un jour Irma à M. Damey qui était assis à côté d'elle et de son mari sous la tonnelle du jardin, décidément je crois que vous avez raison : nous avons tort de courir après le bonheur ; il est au milieu de nous, dans l'asile calme et serein du foyer domestique.

— C'est bien cela, mon enfant, répondit l'excellent homme ; vous avez deviné parfaitement juste. En ce moment, vous parlez sous l'inspiration d'un sentiment instinctif ; moi, j'y puis ajouter les leçons de l'expérience. Il y a longtemps que j'habite la ville d'Auxerre. Eh bien ! malgré de nombreuses traverses et de douloureuses vicissitudes, je n'ai jamais regretté d'y avoir fixé mon séjour. Dans la peine comme dans la joie, je me suis toujours bien trouvé de la paix qui règne autour de ma demeure. Les plaisirs, les jouissances de la vie de famille ont suffi à contenter tous mes désirs. »

La conversation se prolongea quelques instants sur ce ton ; Edouard lui-même y prit part, et appuya en partie les observations de sa femme. Il n'était pas éloigné de partager les idées de son oncle ; il s'étonnait même de s'être cru naguère si éloigné de cette manière d'envisager la vie. En contemplant son enfant dans le berceau, et la figure souriante d'Irma penchée sur le nouveau-né, il sentait son âme se pacifier, ses passions faire silence ou sommeiller ; un rayon de pure lumière pénétrait les nuages amassés sur son intelligence, et il entrevoyait que les vraies félicités de la vie ne se goûtent point dans le tourbillon des plaisirs mondains, mais dans l'accomplissement du devoir et dans la modération des désirs impétueux du cœur. Il manquait à Edouard et à Irma deux choses de souveraine importance pour gouverner sagement leur âme : des sentiments sincèrement chrétiens, et le renoncement absolu aux faux amis qu'ils avaient fréquentés jusqu'alors. M. Damey espéra que les jeunes époux se résoudraient à rompre leurs funestes relations, et que dégagés de ces dangereuses influences, ils comprendraient peu à peu qu'il ne faut point bannir Dieu de son exislence, mais l'appeler sans cesse, au contraire, à la féconder et à l'embellir. Le digne homme se trompait. Les impressions, dans l'âme des deux jeunes gens, étaient fugitives et mobiles comme les figures tracées sur le sable.

Quand l'automne arriva, que les feuilles du parc tombèrent, que leur habitation fut davantage encore enveloppée de silence, M. et Mme Belair commencèrent à tourner les yeux vers Paris. Le besoin d'émotions nouvelles se faisait sentir à ces âmes habituées à vivre en dehors d'elles-mêmes. Et puis, Albert avait fait récemment une courte visite à son beau-frère; et cette visite avait augmenté leur désir de revoir la capitale, de reprendre leurs habitudes un instant interrompues.

VIII

Quinze ans après.

Les années s'écoulèrent sans apporter de changement apparent dans la famille d'Edouard Belair, sinon qu'elle s'augmenta d'une fille et d'un fils. Edouard et Irma, fidèles en cela à leur premier plan de vie, partageaient régulièrement, chaque année, leur séjour entre Paris et Auxerre. Seulement, l'hôtel de la rue de Paris, quand M. et Mme Belair y résidaient, n'était plus solitaire comme au temps où nous l'avons visité ; on y conviait un grand nombre d'amis, et la vie qu'on y menait était joyeuse. Les maîtres de cette délicieuse habitation avaient trouvé moyen de la rendre aussi bruyante que leur maison de Paris, et d'y faire les mêmes dépenses en fêtes et en soirées.

Le lecteur voit qu'il y avait eu progrès, et que l'isolement ne devait plus peser à Edouard et à Irma. M. Jacques Damey, leur excellent oncle, vivait toujours ; il avait perdu sa femme sept ans auparavant, et la religion seule avait pu lui faire envisager avec résignation une séparation aussi cruelle. Sa fille, ange que Dieu avait mis à son foyer pour le consoler, veillait sur lui avec une pieuse affection. Ses fils continuaient de lui donner la plus entière satisfaction. L'aîné avait merveilleusement prospéré dans son commerce, et voyait avec orgueil huit enfants grandir autour de lui. Il habitait Dijon, et venait tous les ans visiter son vénérable père. Le second fils de M. Damey, marié depuis peu, était un avocat distingué. M. Damey ne voyait que rarement son neveu, qui lui faisait le plus froid accueil.

Albert Derry, le beau-frère d'Edouard, venait dans la saison de la chasse passer un mois à Auxerre. Il jouait toujours, et il était renommé pour son habileté consommée. D'aucuns même soupçonnaient sa loyauté. Un jour, à la fin de l'année 1848, où nous a conduit ce récit, l'un de ses compagnons ordinaires formula une accusation. Albert furieux provoqua son insulteur. De là une affaire qui se vida au bois de Boulogne. Albert Derry, habile tireur, troua d'une balle la poitrine de son adversaire, que l'on rapporta mourant à sa demeure. Des poursuites s'en suivirent, qui pouvaient être fort désagréables. Ce dramatique incident fit quelque impression sur Edouard, qui avait assisté au duel comme témoin. Le soir de ce jour, il rentra chez lui, pâle, sombre, préoccupé.

Irma, le voyant changé, défait, lui demanda s'il était malade.

« Non vraiment, répondit-il d'une voix altérée; je ne souffre aucunement.

— Alors, qu'est-il arrivé?

— Mais, rien absolument. Pourquoi cette question? que signifient ces alarmes?

— Edouard, tu me caches quelque chose, reprit Irma de plus en plus inquiète.

— Que veux-tu donc que je te cache? je n'ai rien à dissimuler.

— Je ne sais; mais je vois bien que tu n'es pas dans ton état ordinaire. La pâleur de ton visage, l'expression de tes traits, le ton même de ta voix attestent que tu as pris part ou assisté à un événement grave. »

Edouard, ne sachant que répondre aux instances de sa femme, prit le parti de garder le silence. Mme Belair le pressa de nouveau, le conjurant de lui dire la vérité. A la fin, il répondit :

« Eh bien! puisque tu veux le savoir, Albert, ton frère, a eu ce matin une affaire d'honneur.

— De quoi s'agit-il? où est Albert? interrogea Mme Belair avec angoisse.

— Albert est chez lui. Il s'est battu à la suite d'une querelle de jeu, et il a blessé son adversaire. Pour lui, il n'a pas même reçu une égratignure.

— O mon Dieu! quelque jour, immanquablement

il lui arrivera malheur. Quel est l'homme avec qui il s'est battu ?

— C'est M. de Pontremy, qui l'avait insulté.

— Et tu dis que l'adversaire d'Albert est blessé ?

— Oui, très-grièvement.

— En ce cas, s'il meurt, la justice se saisira de l'affaire et informera.

— Les précautions sont prises pour que ce déplorable événement n'ait pas d'autre suite. »

En ce moment entrèrent deux amis de M. Belair, dont l'un, qui s'appelait René Candolle, avait servi de second témoin à Albert Derry. Ayant salué Mme Belair, ils s'assirent, sur son invitation ; et M. Candolle s'adressant à M. Belair,

« Il paraît, mon cher Edouard, dit-il, que le duel de ce matin a transpiré.

— Comment cela peut-il se faire ?

— Il est à présumer que l'affaire a eu des témoins secrets. Le juge d'instruction s'est transporté au domicile du petit de Pontremy ; il a interrogé le blessé.

— Quel a été le résultat de cette visite, demanda M. Belair. Pontremy aurait-il eu la lâcheté de parler?

— Non, à ce qu'on m'a rapporté.

— Qu'a-t-il dit, alors ?

— Il s'est contenté de répondre au magistrat que sa blessure était accidentelle, et qu'il ne comprenait pas pourquoi la police s'occupait de lui.

— Est-ce tout ?

— Le juge a insisté, multipliant les questions, citant même les détails du duel.

— Et puis?

— Pontremy a refusé de s'expliquer ; il a prié le magistrat de ne pas le priver du repos dont il a si grand besoin.

— Tout s'est terminé là ? l'interrogatoire ne s'est pas prolongé ?

— Non, le juge s'est retiré. D'ailleurs Pontremy n'eût pas eu la force de parler davantage ; il était dans un état de faiblesse extrême.

— Sais-tu que c'est très-bien, cela, de la part de M. de Pontremy, dit M. Belair ? C'est noble, c'est généreux, c'est d'un brave.

— Eh! sans doute. Au reste, à quoi lui eût-il servi d'accuser Albert ? cela ne l'eût pas guéri, et sa réputation eût fortement souffert de cet acte auprès de ses amis.

— Assurément. Mais, je m'intéresse à ce pauvre Pontremy, un joyeux camarade ; son sort m'afflige. Pense-tu, Candolle, qu'il en revienne?

— Non, malheureusement. Le médecin qui a sondé la plaie a déclaré que les lésions du poumon étaient si graves, qu'il n'y avait aucun espoir. Demain, notre entraînant Pontremy n'existera plus.

— Tant pis; je le regretterai sincèrement. Pourquoi aussi allait-il insulter Albert ?

— Ah ! reprit en riant M. Candolle, Albert Derry a la main sûre, et je n'aimerais pas avoir affaire à lui. »

C'est sur ce ton léger, presque badin, qu'Edouard Belair et ses amis traitaient ce qu'ils appelaient un accident, coup fatal qui causait la mort d'un jeune homme devant qui les portes de la vie venaient seulement de s'entr'ouvrir. En effet, le jeune de Pontremy expira la nuit qui suivit le duel, au milieu d'atroces souffrances.

Il est facile de le comprendre, d'après ce qui vient d'être raconté, M. Edouard Belair était plus que jamais engagé avec les amis qu'il avait connus autrefois. Plusieurs d'entre eux étaient deux et trois fois millionnaires, et dépensaient en raison de leur fortune, souvent même au-delà. M. Belair, naturellement, voulut leur tenir tête et lutter avec eux. Depuis quinze ans il dépensait sans compter. N'ayant aucune idée d'ordre et d'économie, il s'en remettait du soin de ses biens à des hommes d'affaires qu'il fallait largement payer et qui le volaient encore par dessus le marché. Jamais il ne lui était venu à l'esprit de contrôler leur gestion ; il ne se sentait pas ce courage. D'ailleurs, il estimait cette peine superflue, jugeant ses richesses inépuisables. Irma, de son côté, habituée au luxe, aux fêtes, aux soirées brillantes, ajoutaient de folles et nombreuses dépenses à celles de son mari. Chaque année, sans que ni l'un ni l'autre s'en préoccupât le moins du monde, diminuait ainsi leur patrimoine par les dettes qu'il fallait contracter. Déjà ils s'étaient défaits de différentes valeurs, telles qu'inscriptions sur le grand-livre, obligations de diverses sociétés. Maintenant, ils en étaient arrivés à grever leurs propriétés foncières. Les fournisseurs, tailleurs, modistes, joailliers, mal payés, réclamaient sans cesse des arriérés considérables. Dans les dernières années, pour faire face à une situation qui se compliquait de plus en plus par son incurie et son insouciance, M. Belair avait ordonné plusieurs emprunts à son régisseur d'Auxerre, de sorte que les terres magnifiques qu'il possédait dans le département de l'Yonne étaient pour la plupart hypothéquées. A la fin, ces embarras transpirèrent dans le public. M. Jacques Damey, qui voyait avec chagrin son neveu glisser sur la pente d'une ruine imminente, eût voulu l'arrêter en chemin Mais que faire? l'excellent homme ne savait que trop que ses avis seraient mal accueillis et repoussés avec dédain.

IX

Un Intérieur.

M. et Mme Belair avaient trois enfants. Charles, à l'époque où nous en sommes arrivés de notre récit, avait seize ans; Léonie, qui venait la seconde, était âgée de quinze ans; et Germain, le dernier, de treize ans. Ces enfants n'avaient point quitté le sein de la famille; les parents tenaient à ce qu'ils fussent élevés sous leurs yeux. Cette mesure devait porter de funestes fruits chez M. Belair, à cause de l'inaptitude du père et de la mère à diriger sérieusement une éducation. En effet, Edouard, absent la plupart du temps, ne s'occupait guère de ses enfants. Il avait choisi pour précepteur de ses fils un homme déjà âgé, véritablement instruit et honnête; mais c'était une nature timide et n'ayant pas assez conscience de sa haute mission. Quoiqu'il ne fût pas de ces éducateurs mercenaires qui ne craignent point d'avilir leur noble profession en la mettant à l'encan et qui ne s'étudient qu'à ne point déplaire à qui les paie, sans souci d'être utiles à leurs élèves, son autorité, qu'il lui eût fallu imposer énergiquement, restait complètement nulle. Quant à Léonie, sa mère lui faisait donner des leçons par plusieurs institutrices et professeurs en renom. Elle voulait veiller, disait-elle, à ce que son instruction ne laissât rien à désirer. En réalité, ce luxe de leçons et de professeurs n'était que pour les apparences ; la jeune fille n'étudiait pas, ne s'appliquait à rien. D'ailleurs, Mme Belair, tout en se montrant fort exigeante à l'égard du précepteur de ses fils et des maîtresses de sa fille, ne leur accordait aucune influence, aucune action ; ils avaient à peine le droit de réprimande. Idolâtre de ses enfants, Irma ne les aimait pas pour eux, mais pour elle-même, et elle les tourmentait en les aimant. Les fautes graves, les défauts qui se révélaient en eux, elle en tenait peu ou point de compte. Au contraire, elle les reprenait sans cesse pour des riens, ne songeant qu'à les faire valoir et briller dans son salon.

Rien n'était capable de corriger cette mère aveugle ni de lui ouvrir les yeux. Elle était convaincue du mérite transcendant de ses enfants ; leurs défauts, à son avis, n'étaient que l'exagération de leurs qualités. Elle n'avait point changé ; le temps n'avait aucunement modifié son caractère ; elle était toujours la femme frivole et légère qui avait dédaigné les sages conseils donnés à sa jeunesse. L'âge n'avait fait qu'enraciner tous ses défauts.

Quant à M. Belair, outre qu'il était incapable d'imprimer une meilleure direction à ses enfants, il était continuellement absent et semblait fuir son intérieur. Souvent il rentrait l'air sombre et soucieux, depuis quelques mois surtout, passant comme une ombre dans sa maison et ne s'y arrêtant que le moins possible. Irma lui reprochait vivement ces allures ; de là des scènes pénibles devant les enfants qui, peu à peu, perdirent le reste de respect qu'ils avaient conservé pour leurs parents. Les rapports de famille devenaient de plus en plus difficiles ; les caractères s'aigrissaient ; la gêne augmentait de jour en jour. M. et Mme Belair s'accusaient mutuellement, s'imputant une situation à laquelle chacun d'eux avait contribué dans une large mesure. Toutefois, il ne leur venait point en pensée que le seul moyen indiqué par le bon sens, pour mettre un terme au mal ou tout au moins pour l'enrayer, c'eût été de restreindre les prodigalités, les fêtes ruineuses, les jouissances superflues. Mais, pour cela, il leur eût fallu changer leurs habitudes, donner quelque attention à leurs affaires, et ils ne se sentaient pas ce courage ; ils préféraient fermer les yeux en descendant l'abîme.

Albert Derry continuait de visiter souvent son beau-frère, avec qui, en apparence, il était demeuré dans les meilleurs termes. Mais, au fond, la défiance régnait entre ces deux hommes, que le vice, le désordre avaient associés, plutôt qu'une véritable amitié. Albert, passionné pour le jeu, où il était heureux ordinairement, nous ne saurions dire par quels moyens, avait conservé sa fortune à peu près intacte. Ses revenus considérables, joints aux ressources que lui procurait le tapis vert, lui permettaient de mener un très-grand train, ce dont Edouard éprouvait une secrète et profonde jalousie. Ne pouvant rivaliser avec son beau-frère, il le haïssait d'autant plus qu'Albert lui avait gagné de grosses sommes, dont il exigeait le paiement rigoureux. Cependant M. Belair ménageait Derry, craignant de s'en faire un ennemi. Il savait que le joueur était impitoyable pour qui l'offensait ; et il avait toujours sous les yeux l'exemple du malheureux de Pontremy. Edouard n'osait donc se plaindre ni même faire mauvais visage à celui qu'il n'était pas éloigné de considérer comme son mauvais génie. Seulement, depuis quelques mois il ne jouait plus avec lui et évitait, autant que possible, les cercles où il avait coutume de le rencontrer.

Charles, le fils aîné d'Edouard Belair et d'Irma, était né avec des dispositions heureuses qu'une autre éducation que celle qu'il avait reçue eût développées. Ces germes naturels de vertus furent étouffés bien vite par les exemples de ses parents ; l'atmosphère de la maison paternelle devint mortelle au jeune homme. Germain, son jeune frère, dont le caractère sérieux, réfléchi, contrastait avec le sien, résista mieux, comme nous le verrons dans la suite. Ame méditative, il observait en silence ce qui se passait autour de lui ; il comparait et il jugeait dans le calme de sa raison. Il sentait, sans pouvoir se l'expliquer encore parfaitement, que son père, sa mère, leurs amis suivaient une voie fatale et ne comprenaient pas le but de la vie humaine. Dieu veillait sur cet enfant. Léonie, semblable en tout à sa mère, belle comme elle, mais également légère, ennemie de toute application, ne rêvant que fêtes, plaisirs, parures, promettait de marcher exactement sur les traces d'Irma. A treize ans, elle se repaissait de romans à la mode, qui transportaient sans cesse son imagination dans le domaine de la fantaisie, dans des régions impossibles, et lui faisaient prendre en dégoût le monde de la réalité.

Notre vieux tailleur, initié par les serviteurs de la maison Belair à une partie de ce qui s'y passait, malgré son grand âge et ses rustiques habitudes, voyait cependant clairement les résultats auxquels devait nécessairement aboutir la conduite insensée de son voisin. Il s'en expliquait quelquefois dans ses conversations avec Thomas Delcotte, le jardinier de M. Belair, autrefois son client, et aujourd'hui celui de son fils. Un jour Thomas, s'étant arrêté devant la boutique pour causer un instant avec Ritoux, qui était assis auprès de son fils, se mit à dire à celui-ci :

« Vous êtes heureux, M. Ritoux, d'être chez vous, de travailler à votre compte, d'avoir un métier qui vous rend indépendant.

— Indépendant ! non, ce n'est pas le mot, répondit le vieillard ; c'est tout le contraire qu'il faut dire. Nous dépendons de nos clients. Il faut contenter tout le monde, chose difficile.

— Je persiste néanmoins à soutenir, reprit le jardinier, que vous êtes plus heureux que moi.

— N'êtes-vous pas attaché depuis longues années au service de M. Belair, l'un des plus opulents propriétaires d'Auxerre? ne fait-il donc pas bon vivre dans une pareille maison ?

— S'il y fait bon vivre, je l'ignore, répliqua Delcotte avec un geste découragé, attendu que je n'y suis pas nourri ; mais je sais fort bien qu'il y fait mauvais travailler.

— Comment cela ? demandèrent à la fois le père et le fils. N'y êtes-vous pas occupé toute l'année ? vous ne connaissez pas de morte-saison. Quand le temps ne vous permet plus de vaquer aux soins du jardin, vous avez la serre à surveiller, les terreaux à préparer : une foule de petits détails qui emploient les mois de l'hiver.

— Oui, oui, assurément, le travail ne me manque jamais. M. Belair ne me laisse point de chômage, je dois lui rendre cette justice ; mais je suis très-mal payé.

— S'il en est ainsi, observa le vieux Ritoux, j'avoue que ça n'est pas agréable.

— Et puis, voyez-vous, continua le jardinier d'un ton véhément, c'est une maison où le monde est renversé. Nous avons là un petit M. Charles qu'il faut encenser continuellement, quelque sottise qu'il fasse, sous peine de déplaire à ses parents.

— Etes-vous donc son précepteur ou attaché à son service? interrogea Jules Ritoux?

— Non, grâce à Dieu. Mais, tenez, quand on voit un homme capable comme M. Sablier, un savant de premier ordre, dit-on, traité comme un valet, ni plus ni moins, cela révolte.

— N'a-t-il donc pas autorité sur ses élèves? M. Belair, je pense, n'a pas voulu avoir en M. Sablier un maître pour rire.

— Il en est ainsi, cependant. Le précepteur, dans les commencements, voulut faire travailler sérieusement M. Charles; mais le bambin s'y refusa toujours, alléguant que l'étude le fatiguait. Un jour, il m'en souvient encore, quoique plusieurs années se soient écoulées depuis, M. Charles était au jardin occupé à gâter mes plates-bandes, à effeuiller mes fleurs, à maltraiter mes arbustes et mes espaliers. M. Sablier vint le trouver pour l'inviter à rentrer dans son cabinet, le temps de la récréation étant écoulé. Le jeune homme, qui n'avait alors que treize ans, se mit à sourire méchamment, sans faire mine d'obéir, et se contenta de répondre :

« M. Sablier, j'ai besoin de prendre l'air.

— M. Charles, reprit le précepteur d'une voix grave, l'heure de l'étude est sonnée.

— Eh ! que m'importe vos heures ? je me trouve bien au jardin, et j'y reste, entendez-vous ? »

» Le pauvre M. Sablier, ne pouvant rien obtenir, et poussé à bout par les réponses de plus en plus impertinentes de son élève, se fâcha. M. Charles, sans même avoir l'air de s'apercevoir du mécontentement de son précepteur, continua de jouer autour de moi, en sifflotant entre ses dents je ne sais quel air burlesque. M. Sablier, hors de lui, s'avança pour le prendre par le bras et l'obliger à rentrer de force. Alors M. Charles se révolta ; devenu pourpre de colère, il se mit à crier qu'il n'obéirait pas.

« Sachez, monsieur, lui dit-il impudemment, que vous n'êtes pas payé par mes parents pour me tourmenter et contrarier mes plaisirs.

— Mais, malheureux enfant, répliqua M. Sablier, jugez donc que vous n'apprendrez rien en vous conduisant de la sorte, et que vous resterez un ignorant, condition honteuee, dégradante dans votre situation et dans celle de vos parents.

— Ne vous inquiétez pas, je vous prie, à mon sujet. Mon père dernièrement disait que j'en saurais toujours assez. Qu'a-t-on besoin de sciences quand on est riche? et même, à quoi cela sert-il quand on ne l'est pas? En êtes-vous plus avancé, pour avoir pâli sur les livres? »

» Mme Belair, avertie par sa fille de la discussion qui venait de s'engager entre Charles et son précepteur, se hâta d'accourir et arriva dans le feu de la dispute.

« Qu'y-a-t-il? demanda-t-elle.

— Il y a, répondit aussitôt M. Charles, que M Sablier veut porter la main sur moi. »

» A ces mots, sans laisser au malheureux précepteur le temps de s'expliquer, Irma pâle de colère, se tourna vers lui, et lui dit d'une voix sourde :

« Monsieur, vous devez comprendre combien il serait inconvenant à vous de mettre la main sur mes enfants; ni mon mari ni moi ne le souffririons. Vous êtes ici pour les instruire, non pour les malmener. »

» M. Sablier essaya, mais en vain, de se justifier et de faire entendre raison à cette mère trop faible. Irma n'écouta rien et se retira en emmenant son fils qu'elle s'efforcait de consoler de la prétendue violence qui lui avait été faite.

» Voilà, ajouta le jardinier, une idée de la vie que l'on mène chez M. Belair. »

Le pauvre précepteur dut continuer de donner des leçons à M. Charles et à son frère quand il leur plaisait de les prendre. M. et Mme Belair, qui se souvenait d'avoir été élevés à contenter tous leurs caprices, voulaient qu'il en fût de même de leurs enfants; ils eussent cru se condamner eux-mêmes en imposant à ceux-ci un régime plus sévère. Seul, malgré la vicieuse éducation qu'il recevait, Germain réagissait contre les exemples et les excitations qui s'offraient à lui. Il s'était épris d'affection pour son vieux précepteur, qu'il s'efforçait de dédommager des dédains dont l'accablaient ses parents, et des peines que lui causait son frère aîné. Il étudiait, autant qu'il le pouvait, prodiguait les attentions à M. Sablier, écoutait attentivement ses bons avis et s'efforçait de les mettre en pratique. Le moment de la première communion venu, Charles s'y prépara légèrement. Il fréquenta huit mois le catéchisme à l'église Saint-Germain-des-Prés; mais comme les instructions religieuses qu'il entendait, étaient chaque jour contredites par les conversations de ses parents et par celles des amis qui les visitaient, elles ne produisirent aucun fruit. Comment la foi eût-elle pu jeter des racines dans son âme, quand les lectures qu'il faisait, les exemples qu'il avait sous les yeux, lui enseignaient l'indifférence, l'incrédulité même? Dans l'opinion de M. et Mme Belair, la première communion était un acte de pure cérémonie dont les convenances où les préjugés sociaux ne permettaient pas de s'affranchir. Ils n'y attachaient pas d'autre importance.

En vain, M. Sablier, chrétien de conviction, voulut attirer l'attention de Charles sur la démarche solennelle et grave qu'il allait accomplir, le bon précepteur, réduit à jouer un rôle subalterne et mercenaire, n'avait aucune influence sur son élève. S'il s'avisait parfois de mêler un bon conseil à ses leçons, de placer une parole chrétienne, une réflexion sérieuse, Charles s'en moquait, en disant que c'était l'affaire des prêtres de prêcher, et que M. Sablier, n'étant pas du métier, ne pouvait avoir aucune autorité en ces matières. Les parents du jeune homme étaient les premiers à rire de ces tristes railleries. De sorte que le pauvre précepteur, forcé de garder le silence, ne pouvait que gémir en secret de voir son élève marcher à l'impiété sans pouvoir l'arrêter sur cette route fatale.

Charles fit sa première communion avec ces déplorables dispositions. Dès lors, ce fut fini pour lui, quant aux devoirs religieux. Les quelques notions chrétiennes qui lui avaient été inculquées, disparurent en quelques semaines; il oublia bientôt le chemin de l'église, où il ne mit plus les pieds que rarement et par hasard. A mesure qu'il avançait en âge, l'amour du plaisir et des jouissances déréglées du monde se développait en lui. N'entendant parler continuellement que de la fortune et du bonheur qu'elle procure à ses favoris, son âme n'estimait que les richesses et se matérialisait peu à peu; elle se flétrissait dans sa fleur sous l'influence de l'esprit qui soufflait au foyer de famille; son imagination ardente et les mauvaises lectures achevaient l'œuvre funeste des conversations et des enseignements domestiques. Durant le séjour qu'il faisait à Paris une partie de l'année, il se lia avec plusieurs jeunes gens, enfants perdus de familles opulentes qui, pas plus que les parents de Charles, ne s'étaient occupées de former leurs fils. Ces compagnons, qui partageaient ses goûts, ses idées, ses erreurs, l'entraînèrent avec eux dans les routes qui conduisent au vice, quelquefois même au crime.

Léonie, élevée comme il a été dit, copiait fidèlement de point en point, sa mère. Elle chargeait encore l'original, ce qui n'est pas peu dire. D'ailleurs, Irma ne s'était appliquée qu'à la mettre en mesure de briller, non comme un être intelligent, mais comme une véritable poupée. Au lieu de lui enseigner les devoirs sérieux que Dieu impose à la femme, les vertus qui seules peuvent embellir son âme, et donner même à la beauté du corps ce je ne sais quoi de fini, de céleste, qui ne se reflète que sur les traits d'une chrétienne, on lui apprenait à se présenter élégamment et avec grâce dans un salon. Puis, sa mère et les modistes lui révélaient tous les secrets de la toilette, qui devint son occupation préférée et presque exclusive.

Germain, le troisième enfant de M. Belair, quoique vivant dans le même milieu, dans la même atmosphère que sa sœur et son frère, montrait des dispositions et un caractère tout différents. Peu bruyant, parlant avec réserve, jouant rarement, il paraissait appartenir à un autre monde que celui dans lequel respiraient ses parents. Son caractère sérieux, complaisant, formait un contraste frappant avec celui de Charles et de Léonie, qui ne voyaient et ne recherchaient qu'eux-mêmes. Aussi, recueillait-il avidement les leçons de son précepteur, dont il faisait l'orgueil et la consolation. Mais ici encore, M. Sablier était obligé de dissimuler ses sentiments, ses légitimes préférences. S'il avait eu le malheur de manifester tout haut son affection pour Germain, on l'eut accusé de partialité, et de gâter son élève. Absorbé par l'étude, prémuni contre les fatales influences qui l'environnaient, par sa nature réfléchie et peu communicative, le jeune fils de M. Belair était merveilleusement disposé à recevoir les impressions vertueuses et l'enseignement des vérités chrétiennes. Son cœur s'ouvrit facilement aux instructions du prêtre; il les goûta; elles révélèrent à son regard demeuré pur, comme un monde nouveau; elles lui montrèrent le firmament radieux de la foi, resplendissant d'éternelles clartés, constellé d'astres brillants et glorieux. Germain se prépara consciencieusement à sa première communion; il s'approcha de la table sainte avec un amour profond, une joie inexprimable. Il emporta le paradis dans son âme, avec l'Hôte divin qui venait de le visiter. Son père, sa mère, son frère ni sa sœur, qui ne comprenaient rien à ce bonheur, ne purent toutefois s'empêcher de remarquer la joie qui rayonnait sur le visage de l'adolescent. Germain puisa au pied des saints autels, dans son union intime avec le Seigneur, une force nouvelle pour soutenir les luttes à venir et traverser les dangers innombrables qui l'attendaient.

X

Tel père, tel fils.

Nous arrivons à l'année 1853, époque à laquelle commence une phase nouvelle pour les principaux personnages de ce récit.

Au mois de novembre, M. et Mme Belair et leur famille quittèrent Auxerre pour venir s'installer à Paris, dans leur élégante maison de la rue de Condé, où ils avaient coutume de passer l'hiver. Charles avait vingt ans, Léonie dix-huit, et Germain dix-sept. M. et Mme Belair jugèrent qu'il était temps de produire dans le grand monde les deux aînés. Cette décision combla de joie les deux jeunes gens, qui aspiraient ardemment après le moment où le cercle de la vie s'élargirait pour eux. M. Belair eût bien voulu que Charles prît ses grades universitaires, couronnement presque obligé des études littéraires dont ils consacrent la valeur. Mais il fallut renoncer à cette satisfaction; le jeune homme avait trop peu profité de ses premières années pour pouvoir aborder les examens avec chance de succès. Il n'avait qu'une connaissance très-superficielle du latin et du grec, ces deux belles langues de l'antiquité, qui nous ont transmis des chefs-d'œuvre que le temps ne saurait effacer. Il ne savait guère qu'écrire médiocrement sa langue maternelle, et prononcer à tort et à travers quelques mots d'anglais ou d'allemand. En revanche, il se montrait beau causeur, fat, suffisant, se mêlant de tout, tranchant sur tout, initié beaucoup plus qu'il ne convenait à son âge aux pratiques du monde, à ses plaisirs, à ses folles ivresses. Les conversations qui ont pour objet les travers de la société, la licence, les fêtes de moralité douteuse obtenaient ses préférences. Aussi affectionnait-il particulièrement Albert Derry, son oncle, parce que celui-ci, encore plus que ses parents, encourageait ses caprices, ses inclinations vicieuses, ses goûts dispendieux. Albert se chargea de conduire le jeune homme dans les cercles qu'il fréquentait; il le lança peu à peu dans le tourbillon dans lequel il vivait lui-même, et acheva l'œuvre funeste commencée par une déplorable éducation. Dès lors Charles abandonna toute étude, toute occupation sérieuse, ne connut plus que le bois de Boulogne, où il aimait à étaler ses grâces d'écuyer, et la salle d'escrime, où il allait, plusieurs fois la semaine, s'exercer à faire des armes; il hantait assidûment aussi l'école de tir, en prévision des affaires dites d'honneur qu'il pourrait s'attirer ou qu'il se croirait dans la nécessité de provoquer, et qui consistent à se couper la gorge avec un ami de la veille, pour une épithète malsonnante ou des procédés qui ont déplu, ou même pour un simple malentendu.

Bientôt, quittant les sociétés de son oncle, qu'il jugeait encore trop sérieuses pour lui, il rechercha d'autres compagnons ; il se lia avec des jeunes gens de son âge, hommes de fortune, parvenus d'hier au sommet du bien-être, ou qui déshonoraient le nom de leurs pères en consumant leur santé dans le désordre, dissipant en orgies et au jeu le patrimoine laborieusement acquis par leurs parents ou transmis par leurs ancêtres.

Charles, par son entrain, sa prodigalité, sa hardiesse, devint l'âme de ces réunions. Mais, bientôt, des difficultés surgirent, qui jetèrent l'inquiétude dans son esprit et troublèrent ces joyeux débuts. Malgré la libéralité avec laquelle son père pourvoyait à ses dépenses, malgré la somme assez forte qui lui était allouée chaque mois, il était toujours dans la gêne et souvent de mauvaise humeur. Son caractère, qui jusque-là n'avait été que léger et suffisant, parut chagrin, aigre, revêche. Il confia d'abord à sa mère ses embarras ; tout alla bien, tant qu'il ne se borna qu'à des paroles ; mais, quand il voulut exiger un supplément de ressources, Mme Belair, qui voulait bien que ses enfants s'amusassent, mais à la condition que leurs jouissances ne feraient point tort aux siennes, Mme Belair se montra plus difficile. De là des discussions pénibles. Voyant qu'il ne gagnait rien de ce côté, Charles s'adressa à son père. Celui-ci fournit quelques suppléments ; mais sa patience ni sa condescendance ne furent de longue durée. Un jour que Charles sollicitait de M. Belair une somme importante pour payer une dette de jeu, Edouard se fâcha, reprochant à son fils d'abuser de sa bonté.

« Combien vous faut-il, monsieur ?

— J'ai besoin de six mille francs. Par la suite je tâcherai d'être économe et ménager, puisque tels sont vos goûts aujourd'hui. »

M. Belair, dévorant ce nouveau sarcasme, tira d'un portefeuille six billets de mille francs et les remit en silence à son fils. Celui-ci se retira, heureux du succès de sa démarche. On le voit, Charles, dès ses premiers essais, promettait de surpasser son père. Il y avait progrès dans la voie du mal : les exemples, les précédents d'Edouard pesaient d'un poids immense sur la vie du jeune homme et s'ajoutaient à ses inclinations naturelles pour le plaisir.

Léonie débutait, sous la direction de sa mère, d'une façon tout aussi onéreuse pour la fortune paternelle, quoique pour d'autres causes que son frère. Melle Belair, depuis qu'elle avait fait son apparition dans le monde, ne rêvait que fêtes, bals, soirées. Conformément au désir d'Irma, elle ne manquait aucune invitation. Sous prétexte de faire honneur à sa famille et à sa position de fortune, elle achetait sans cesse de nouvelles robes, des cachemires de prix, les dentelles les plus fraîches, les parures le plus en vogue. Aussi d'énormes dépenses s'ensuivaient; les mémoires des joailliers, des modistes, des différents fournisseurs, pleuvaient chaque jour à l'hôtel Belair. Dans les commencements, M. Belair se rassura, en se disant qu'il fallait faire les premiers frais d'entrée de la jeune fille dans le monde, que cela était indispensable; qu'en agissant autrement il se rendrait ridicule et perdrait sa réputation d'homme comme il faut. Il pensa qu'un peu plus tard ces charges s'allégeraient. Mais, au bout d'un an de ce train, il s'aperçut que les dépenses ne faisaient qu'augmenter au lieu de décroître; il trouvait difficilement à emprunter, car la plupart de ses immeubles, déjà grevés d'hypothèques, ne pouvaient plus offrir de garanties aux prêteurs; les fournisseurs l'assiégeaient, refusant de plus longs crédits; enfin, raison majeure, ses plaisirs, à lui, souffraient de cette gêne chaque jour plus grande. Il résolut donc de mettre un terme à cet état de choses. Un soir, au moment où Mme Belair et sa fille se préparaient pour un bal auquel elles étaient invitées chez un parvenu de la finance, Edouard entra chez sa femme, près de qui il trouva Léonie. Occupées à mettre la dernière main à leur parure, Irma ni sa fille ne s'aperçurent de l'air soucieux de M. Belair. Celui-ci, ayant parcouru la chambre deux ou trois fois, cherchant un moyen d'entamer la question qui l'avait amené, arrêta tout à coup ses regards sur les objets de toilette étalés çà et là sur les meubles. Il découvrit une nouvelle et riche parure qui devait avoir coûté fort cher. Fronçant le sourcil à cette vue, il se retourna brusquement vers Mme Belair :

« D'où vient cela ? demanda-t-il en désignant d'un geste les bijoux.

— C'est une emplète pour Léonie, que nous avons jugée indispensable, mon ami, répondit Mme Belair.

— Est-elle payée ? dit sèchement M. Belair en tenant les yeux fixés sur sa femme.

— Non, elle ne l'est pas. Tu sais bien qu'elle ne peut pas l'être, puisque nous avons dépensé l'autre jour notre dernier argent. D'ailleurs, le marchand à qui nous nous sommes adressées a été fort accommodant ; il a bien voulu nous accorder six mois de crédit.

— Tout cela est très-bien ; mais je veux de la modération dans la dépense. »

A ces mots, prononcés d'un air profondément sérieux, Mme Belair leva les yeux sur son mari, et voyant son attitude raide et impassible, elle partit d'un éclat de rire.

« Ah ! voilà qui est bon ! s'écria-t-elle. Comment !

tu nous prêches l'économie quand il s'agit pour nous de soutenir l'honneur du rang que la fortune nous a fait? Irons-nous donc à un bal, où les femmes les plus riches et les plus élégantes de Paris doivent figurer, nous présenter vêtues comme nos femmes de chambre? Tu veux sans doute plaisanter?

— Pas le moins du monde; je n'ai nulle envie de plaisanter.

— En ce cas, reprit Irma avec dépit, il eût fallu parler plus tôt, et ne pas nous laisser nouer des relations qu'aujourd'hui tu juges impossible que nous continuions.

— Passe donc pour aujourd'hui, repartit Edouard. Mais je suis bien aise de vous dire à toutes deux que je suis embarrassé de savoir comment faire face, dans l'avenir, aux dettes déjà contractées et aux nécessités d'une situation qui absorbe bien au-delà de nos revenus.

— Les circonstances, il faut l'espérer, quelque heureux hasard nous viendront en aide. Quoi qu'il en soit, il est, mon ami, un intérêt supérieur à ces considérations. Il est important que Léonie brille dans le monde; autrement, comment réussirions-nous à l'établir? »

Cet argument parut sans doute décisif à M. Belair, car il ne répondit pas, et sortit après avoir parcouru la pièce en long et en large, d'un air distrait. Edouard rentra dans son cabinet, où il s'assit à son bureau. Il y était depuis quelques instants, absorbé dans de pénibles pensées, quand on frappa à sa porte. C'était Albert Derry qui venait surprendre son beau-frère. Le brillant jeune homme d'autrefois, le lion qui faisait fureur dans les salons, dans les cercles, par sa bonne mine et son air de distinction, avait bien changé. Aujourd'hui son front était chauve, sa taille voûtée, ses yeux caves et entourés d'un cercle bleuâtre. Ses traits couperosés, son regard étrange attestaient l'habitude du désordre et l'épuisement des forces vitales; ses membres décharnés ne semblaient plus que se prêter difficilement aux mouvements qu'il leur imprimait. Il était mis avec plus de recherche que jamais; son costume était sévère, correct au dernier point, comme s'il eût voulu dissimuler aux autres, à lui-même, le ravage des passions et les empreintes indélébiles du vice. Ayant refermé la porte, il glissa comme une ombre sur le tapis du cabinet de M. Belair, et s'avança, chancelant, jusqu'auprès de lui. Là, il s'assit sur un fauteuil qu'Edouard venait de lui pousser. Alors il le regarda quelque temps en silence; comme s'i eût voulu fouiller dans son âme. L'expression de sa figure était telle, que M. Belair s'en effraya.

XI

La Saison de la récolte.

Enfin M. Belair, pour échapper à cet examen fatigant, prit la parole :

« Qu'est-ce qui me vaut si tard le plaisir de ta visite? demanda-t-il à son beau-frère.

— Tu ne m'attendais pas?

— Non, en vérité.

— C'est juste, répondit Albert. Mais, vois-tu, pour la première fois de ma vie je me trouve dans une situation critique.

— Qu'as-tu? interrogea M. Belair avec inquiétude. Serais-tu malade?

— La maladie, la mort même sont préférables parfois à certaines positions. Il est des circonstances où l'on doit saluer la fin de la vie comme un bienfait.

— Décidément tu broies du noir aujourd'hui, repartit M. Belair en s'efforçant de rire. Que parles-tu de mourir? Quand ta santé ne court aucun risque.

— Soit. Mais j'ai autre chose à te dire. Je suis venu te trouver, ce soir, parce que je me vois dans la débine, pardonne-moi la familiarité de l'expression. Elle rend mieux que toute autre ma situation.

— Comment ! toi, si heureux au jeu ! répondit M. Belair, qui était redevenu subitement inquiet en entendant le prologue de son beau-frère.

— C'est là précisément ce qui m'a mis dans l'embarras. Me fiant à ma bonne fortune habituelle, je me suis livré, ces dernières semaines, à des opérations de Bourse, dans l'espoir de doubler, de quintupler peut-être mon patrimoine. Or la chance, malgré mes calculs, a tourné contre moi. J'ai perdu d'énormes enjeux dont le solde a épuisé toutes mes ressources. Déjà j'ai une terre engagée ; tous les titres que j'avais en portefeuille sont vendus. En ce moment, je n'ai pas le sol. Pourtant, il me faut de l'argent à tout prix, quelques milliers de livres d'ici à demain.

— Parles-tu sérieusement ? interrogea M. Belair en pâlissant.

— Très-sérieusement. »

Comme Edouard se taisait, Albert reprit :

« J'ai pensé qu'en qualité de parent, et surtout d'ami, tu pourrais m'aider à sortir d'embarras. »

M. Belair, déconcerté par cette demande directe, ne savait trop que dire. La conscience de la pénurie où il se trouvait lui-même ne lui permettait pas de faire aucune offre à son beau-frère. Albert, n'obtenant aucune réponse, continua :

« N'es-tu pas disposé à faire quelque chose pour me mettre à même de réparer mon désastre et de payer demain l'effet qui me sera présenté ?

— Hélas ! soupira Edouard, je le voudrais de grand cœur !

— Allons ! mon cher, repartit Albert avec une amère ironie, tu n'as pas l'intention, j'imagine, de me renvoyer avec semblable monnaie. »

Un éclair de colère brilla dans les yeux de M. Belair. Mais Albert Derry ne lui laissa pas le temps de l'exprimer en paroles ; il ajouta aussitôt :

— Laissons, si tu le veux, les droits de la parenté et même ceux de l'amitié, ce sont de pauvres titres, ordinairement, entre gens comme nous ; ne parlons que des devoirs que l'honneur impose. Il y a six semaines, si j'ai bonne mémoire, je t'ai gagné chez Candolle une petite somme dont tu es resté mon débiteur. Sois donc assez bon pour t'acquitter aujourd'hui ; tu vois qu'il n'y a pas de quoi te fâcher. »

Le malheureux Belair, qui avait oublié cette dette, était devenu affreusement pâle. Il répondit d'une voix étranglée et presque suppliante :

« Albert, de grâce, aie patience. En ce moment je suis comme toi absolument dénué d'argent, et je ne sais encore comment je m'en procurerai.

— S'il en est ainsi, ce que je veux bien croire, fais-moi un billet ; ton banquier me l'escomptera.

— Mon banquier refusera ; il est défiant envers moi depuis quelque temps, et il ne m'avance plus que par petites sommes les fonds dont j'ai besoin.

— Mes affaires, je le vois, reprit Albert d'un air de dépit, sont en train de mal tourner. Quoi qu'il en soit, il me faut douze mille francs, la somme même que tu me dois. Je le regrette vivement, mais je ne puis attendre plus tard que demain à midi.

— Encore une fois, Albert, il me sera impossible de te satisfaire.

— Il le faudra bien, cependant. Je n'ai pas d'autre créancier que toi à qui je puisse m'adresser.

— Malheureusement, je suis incapable de te donner ce que je ne possède pas. »

Le silence régna un instant entre ces deux hommes, pour qui l'expiation d'une vie désordonnée commençait. Derry semblait réfléchir. Tout d'un coup, un trait de lumière parut l'avoir frappé, son œil terne se ranima.

« Où est ta femme? demanda-t-il vivement.

— Au bal de M. R*** dans l'avenue des Champs-Elysées.

— Eh bien! voilà ton affaire. Irma et ta fille suffiront à te tirer d'embarras.

— Je ne comprends pas, dit Edouard, qui écoutait attentivement son beau-frère, sans pouvoir deviner où il voulait en venir.

— C'est bien simple, pourtant. Tu vas saisir faitement ma combinaison.

— Parle.

— Ces dames sont riches en bijoux, n'est-il pas vrai ?

— Elles possèdent en parures ce qui convient à leur rang, répondit M. Belair surpris de la question.

— Aussi n'ai-je pas la prétention de formuler une critique; je constate seulement ce qui est. De plus, Irma dernièrement à acheté, m'a-t-on dit, une parure d'un prix considérable. »

Edouard écoutait, sans avoir l'air de pressentir même où son beau-frère voulait en venir.

« Tu ne comprends toujours pas ? demanda Albert.

— J'avoue que je ne me rends pas bien compte de la portée de tes questions.

— Il faut donc que j'achève et que je m'explique tout à fait. Puisque ta femme et ta fille ont des bijoux pour une forte valeur, qui t'empêche d'engager ou de vendre quelque chose? Voilà ce que je voulais te proposer; le moyen est praticable, je te l'ai indiqué, le reste ne me regarde plus ; vous vous arrangerez ensemble. »

M. Belair eut beau supplier, Albert fut inexorable. Il se retira en annonçant à Edouard qu'il reviendrait le lendemain à midi précis.

Mme Belair et Léonie rentrèrent fort tard du bal de l'avenue des Champs-Elysées. M. Belair passa une nuit fort agitée et presque sans sommeil. Le lendemain de bonne heure, il se présenta à la porte de la chambre de sa femme ; la caméristе lui dit que madame avait défendu qu'on troublât son repos. Edouard revint plusieurs fois inutilement. Il était près de dix heures quand Irma put le recevoir. La première parole de Mme Belair, en voyant son mari, fut pour le bal de la veille.

« La soirée était magnifique, dit-elle. Léonie a produit un effet extraordinaire. Tout le monde a été unanime à me féliciter du bon goût et de l'élégance de sa toilette. »

M. Belair n'en put entendre davantage ; il interrompit avec impatience cette description de la fête.

« Il s'agit bien de cela, s'écria-t-il. J'ai des choses bien autrement sérieuses à traiter avec toi ce matin ; le temps presse.

— Eh ! que peut-il donc y avoir ? n'est-ce pas un résultat immense pour l'avenir de ta fille, que la sensation faite par elle au bal de M. R*** ?

— Cependant, à mes yeux, il est une chose plus importante : c'est de payer ses dettes.

— Mais, reprit Irma en rougissant légèrement, je ne sache point que j'aie des dettes à payer aujourd'hui. La parure de Léonie est achetée à crédit, et j'ai six mois pour m'acquitter.

— Si tu n'as pas de dettes à payer maintenant, exclama Edouard, j'en ai, moi.

— Quant à cela, mon ami, c'est ton affaire.

— Je le sais; aussi, suis-je venu te demander de m'aider à me libérer.

— Moi?... et que puis-je faire? est-ce que je touche nos revenus?

— Non, ce n'est pas ce que je veux dire. Il me faut de l'argent absolument à midi, et je n'ai pas un sol vaillant entre les mains.

— C'est fâcheux, je ne suis pas en position de te procurer des fonds.

— Au contraire, c'est sur toi que je compte uniquement. Tu as des bijoux de grande valeur. Si tu me permets d'en engager quelques-uns, je pourrai faire honneur à l'échéance d'aujourd'hui.

— Comment!... mes bijoux! ai-je bien entendu? M. Belair, vous voulez dépouiller votre femme. Réfléchissez à cela; c'est tout simplement odieux. On ne vous le pardonnera jamais dans la société. »

En parlant ainsi, Irma était hors d'elle-même. M. Belair, qui s'était attendu à ses cris, ne s'en émut pas.

« On ne saura rien, répondit-il avec calme, parce que tu seras discrète. D'ailleurs, il n'est pas question de vendre, mais d'engager seulement.

— Quelle est donc cette dette si pressante, qui ne peut s'ajourner?

— Il s'agit d'une dette de jeu, d'une dette d'honneur par conséquent, et qui ne doit point se remettre.

— Quel est donc le créancier ?

— C'est Albert, c'est ton frère.

— Si c'est Albert, il peut attendre, lui, il est riche. Je suis sûre qu'il se fera un plaisir de t'accorder un délai.

— Tu es dans une grande erreur. Albert lui-même est en ce moment sans ressources : il lui faut aujourd'hui l'argent qu'il m'a gagné. »

Irma comprit enfin que la détresse d'Edouard était véritable. Elle lui remit donc la fameuse parure que Léonie portait au bal de M. R..., laquelle valait vingt mille francs. A midi, M. Belair avait la somme que réclamait Albert Derry.

L'hiver se passa pour la famille Belair dans une gêne extrême. Les créanciers venaient les uns après les autres, demander un règlement. On ajournait les uns, on donnait aux autres des à-compte ; mais il en fallait payer d'autres intégralement, sous peine de poursuite et de saisie. Les fournisseurs refusaient de livrer aucune denrée ou marchandise à crédit. Force fut bien à M. et à Mme Belair de restreindre les dépenses de leur maison, car leurs revenus étant absorbés à l'avance, il leur devenait impossible de prodiguer comme par le passé. C'était dur pour eux, habitués à vivre dans l'opulence, à ne se refuser aucune fantaisie, à contenter tous leurs caprices. La saison d'aller à Auxerre était venue, et M. Belair ne parlait point de quitter Paris. Pour la première fois de sa vie, Irma avait hâte de regagner la province, où les frais étaient moindres, où non plus ne viendraient pas la chercher les fournisseurs avec leurs interminables mémoires. Cependant, voyant que son mari se taisait, Mme Belair attendit, espérant chaque jour qu'il donnerait l'ordre du départ. Edouard sortait vers le milieu de la journée et rentrait ordinairement fort tard dans la nuit. Ses traits paraissaient souvent bouleversés; son caractère, assez gai d'habitude, devenait sombre; il brusquait sa femme, ses enfants, rudoyait les domestiques et s'irritait avec une facilité extrême. Irma l'interrogea plusieurs fois sur la cause de ses préoccupations, mais il refusait toujours de s'expliquer, répondant qu'elle devait savoir ce qui le préoccupait. Mme Belair, frivole encore jusque sous le coup de la catastrophe qui la menaçait, ennemie de tout souci, ne se donna pas même la peine de réfléchir, et prit le parti de ne plus s'inquiéter de l'humeur noire de son mari. Toutefois, comme il paraissait décidé à rester à Paris durant l'été, elle finit par lui rappeler que le temps d'aller à Auxerre était venu.

« Mon ami, lui dit-elle un jour, as-tu donc oublié que c'est la saison de la villégiature? Chacun regagne la province, la campagne. Paris est vide pour nous à cette époque, puisque nos amis n'y sont plus.

— Je n'ai rien oublié, Irma, répondit M. Belair avec gravité.

— Alors, quand partons-nous? demanda Mme Belair, qui crut que son mari entrait dans ses vues.

— Nous ne partirons pas.

— Quoi! veux-tu donc que nous passions l'été à Paris? c'est impossible, cela ne nous est jamais arrivé.

— Eh bien! nous commencerons, répliqua froidement Edouard.

— N'est-ce pas assez, à ton gré, d'avoir été tout l'hiver aux prises avec des embarras incessants?

— Cesseront-ils, ces embarras, repartit M. Belair avec amertume, lorsque nous serons à Auxerre? nous n'aurons fait que les déplacer.

— Soit; mais je te déclare que ma fille et moi nous avons besoin de repos, et que nous désirons jouir du calme et du silence de la province.

— Libre à vous de faire ce que bon vous semblera. Pour moi, je reste ici, dit M. Belair nettement et résolûment.

— Mais tu sais bien, reprit Irma, que nous ne pouvons y aller sans toi.

— Qui vous en empêche, puisque je n'y mets pas d'obstacles et que même je vous y autorise.

— Ce serait double dépense et....

— Et tu n'as pas d'argent, veux-tu dire ? Eh bien, ni moi non plus, je n'en ai pas. »

Mme Belair voulut insister : mais Edouard lui imposa silence d'une voix irritée, et avec un accent qui ne souffrait pas de réplique, il lui signifia qu'il entendait qu'on le laissât en repos. Il fallut en passer par là, dévorer sa peine, renoncer à la villégiature accoutumée, d'autant plus désirée cette année qu'il fallait s'abstenir des plaisirs habituels, vivre face à face avec soi-même et avec des embarras toujours croissants. Mme Belair commençait à comprendre ce que c'était que la misère ; la coupe des joies insensées s'épuisait pour elle et pour les siens.

XII

L'Usurier.

Une des grandes inquiétudes de Mme Belair, c'était l'échéance prochaine du paiement de la parure achetée pour Léonie, puis engagée par M. Belair. Irma espérait que, la sachant à la campagne, si elle eût pu partir, le joaillier qui avait vendu les bijoux aurait patienté jusqu'à l'hiver. Alors, peut-être, des ressources imprévues lui eussent permis de le satisfaire. Chaque jour qui s'écoulait apportait donc de nouvelles transes à la malheureuse femme. Bon gré mal gré, il lui fallait maintenant, sous la pression de la nécessité, sortir de son apathie, de sa mollesse, de son indolence, et prendre garde enfin aux choses de la vie. Quant à Edouard, il avait, lui, de graves motifs de préférer le séjour de Paris à celui de la province. Depuis quelques mois, entrainé par l'exemple d'Albert Derry, et poussé par le désarroi de sa fortune, qu'il ne pouvait plus se dissimuler, il fréquentait la Bourse où il hasardait des sommes considérables, qu'il avait réussi à se procurer au moyen d'emprunts. Ses débuts, comme il arrive quelquefois, furent encourageants : il gagna. Le lendemain même du jour où il avait si rudement congédié Irma, il jouait à la hausse ; la fortune couronna sa témérité ; il réalisa sur ce coup de dé, une somme considérable. C'était un succès dont il eût dû se contenter. Ce soir-là, il rentra chez lui le front rayonnant. Il remit aussitôt à sa femme quelques milliers de francs, qui la tranquillisèrent pour le moment ; il en fit autant pour son fils. Aux questions qui lui furent adressées, il ne répondit pas directement, craignant d'être entravé dans les projets qu'il était résolu de poursuivre. Il se contenta de dire mystérieusement que leur ancienne opulence n'était point évanouie sans retour. Mme Belair ne soupçonna pas plus que ses enfants, par quelle voie M. Belair comptait rétablir sa fortune ébranlée : l'eût-elle su, qu'elle n'eût mis aucun obstacle aux nouvelles tentatives qu'Edouard se proposait de faire. En effet, le malheureux, alléché par sa première réussite, voulut obtenir davantage. Dans ses rêves dorés, la Bourse, ce temple moderne de Mammon, était un Pactole qu'il détournerait un instant à son profit et qui le mettrait en possession d'immenses trésors. Son ardente imagination, éprise de ces splendides espérances, ne concevait pas la possibilité d'une déception. Il retourna donc au palais de la Bourse, les jours suivants, épiant le moment favorable, calculant les chances heureuses, et disposé à jouer tout ce qu'il avait gagné précédemment.

Une semaine s'écoula, longue, semée d'émotions intraduisibles, pendant laquelle la fièvre brûlait le sang de M. Belaïr et lui ôtait les dernières lueurs de prudence. Il se croyait sage néanmoins, parce qu'il avait su attendre. La semaine suivante, croyant l'heure propice arrivée, il joua de nouveau et perdit une grosse somme. Loin de se décourager ou de faire de sérieuses réflexions, il recommença le lendemain et perdit encore. Le surlendemain, il joua de même, espérant recouvrer les fonds qui lui étaient échappés; mais la chance tourna obstinément contre lui. En trois jours, il perdit tout ce qu'il avait gagné. Emporté, aveuglé par la fureur du jeu, il ne se tint pas pour battu. Ses espérances venaient de s'engloutir dans le gouffre de la bourse, il jura de s'y plonger, la tête la première, et de les y ressaisir à tous prix. Un jour il se dirigea à pas furtifs vers cette rue du Temple, que vingt-deux ans auparavant nous l'avons vu enfiler dans une circonstance critique. Il prit à droite encore, par la rue Sainte-Croix-de-la-Bretonnerie, puis, tournant brusquement à gauche, il s'engagea dans la rue de l'Homme-Armé. Parvenu devant la petite porte que le lecteur connaît, il s'arrêta, souleva le même lourd marteau, rouillé encore plus qu'autrefois. Au bout de peu d'instants, un pas lent se traîna sur le pavé humide de la cour, dans laquelle le soleil ne pénétrait jamais ; une toux âcre et sèche retentit, le guichet s'ouvrit, deux petits yeux perçants, brillants comme des escarboucles, s'y montrèrent et enveloppèrent le visiteur. L'hôte de ce misérable séjour, refermant le guichet presqu'aussitôt, fit crier les verrous de la porte qui s'entre-bâilla.

C'était encore le juif Samuel, âgé maintenant de plus de soixante-quinze ans. Il avait sans doute reconnu son visiteur, car il ne lui adressa pas un mot et lui fit seulement signe de le suivre. La physionomie des lieux, pas plus que celle de leur habitant, n'avait changé. La disposition, le délabrement étaient les mêmes. Lorsque M. Belair pénétra dans la misérable petite chambre de l'usurier, il y retrouva les meubles qu'il y avait vus jadis.

« M. Belair, je crois ? dit-il d'une voix cassée.

— Lui-même, Samuel, répondit Edouard.

— Il y a longtemps que nous ne nous sommes vus, jeune homme !

— J'ai encore besoin de vous, Samuel.

— Bien, bien ; Samuel, vous le savez, est toujours disposé à venir en aide. »

Il y eut un silence, pendant lequel Edouard semblait se recueillir. Le juif, qui l'examinait attentivement, reprit :

« Vous n'avez pas vieilli, M. Belair, je vous aurais pris pour votre fils.

— Mon fils! murmura le malheureux en pâlissant, le connaissez-vous donc ?

— Non, en vérité.

— Mais, la parole que vous avez prononcée ?

— C'est une manière de m'exprimer, n'y faites pas attention. Sais-je même si vous avez un fils, moi ? Voyons, combien vous faut-il aujourd'hui ?

— Une très-forte somme, que cependant vous pourrez me procurer, je l'espère.

— Hum! fit le juif, Samuel n'est pas riche et... et... il est bon de prendre ses petites précautions. Nénaumoins, parlez; qu'elle somme demandez-vous ?

— Je voudrais avoir trois cent mille francs.

— C'est énorme, dit Samuel; mais quelle fortune vous reste-t-il ? »

Edouard en fit le détail, ses biens pouvaient encore s'évaluer de sept à huit cent mille francs. Après bien des calculs, « Voyons, dit l'usurier, vous voulez trois cent mille francs? J'y consens, vous les aurez. Vous me ferez un billet remboursable dans six mois; ce sera cinq cent mille francs.

— Jamais je ne consentirai à un pareil marché, s'écria Edouard, indigné d'une telle impudence.

— Comme il vous plaira, répliqua celui-ci; et se levant à son tour, il entr'ouvrit la porte pour congédier son visiteur. C'est à prendre ou à laisser, » ajouta-t-il.

M. Belair, comprenant qu'il ne gagnerait rien, et que l'enfant d'Israël, obstiné comme il l'était, n'en démordrait pas, céda à la fin. De quelque côté qu'il se tournât, c'était la ruine. Déjà plus de la moitié de sa belle fortune était dévorée ; et avec les fausses idées qu'il s'était faites, se contenter du reste lui eût paru une honte. Il fut convenu qu'il reviendrait dans trois jours, qu'il souscrirait un billet en bonne et due forme, et qu'il toucherait la somme promise. Samuel profita de ce délai pour prendre les informations nécessaires à sa sûreté de prêteur et pour constater que M. Belair ne l'avait pas trompé sur l'état de sa fortune. Au jour fixé, Edouard retourna chez le juif. La somme était prête et lui fut remise tout entière en billets de banque. Il signa la reconnaissance exigée. Au moment où M. Belair franchissait la porte de la rue, l'esprit occupé de ces idées, il se trouva face à face avec son fils. A cette vue, il recula d'un pas et demeura sans voix. Enfin, il put murmurer :

« Vous ici !... »

Le jeune homme, étonné d'abord, se remit bien vite, et paya d'audace et d'impertinence.

« Mais, mon père, répondit-il, qu'y trouvez-vous d'étrange ? vous avez sans doute vos affaires ici, moi j'y ai les miennes.

Edouard s'apprêtait à retenir Charles, mais ce dernier avait déjà franchi la porte, et M. Belair fut forcé de s'éloigner. Maintenant, il n'en pouvait douter, son fils, à son exemple, avait recours à l'usurier, et contractait des dettes dont il ignorait le chiffre, lesquelles, eu égard au caractère du jeune homme, devaient être considérables. Quoi qu'il fît, il se trouvait donc de plusieurs côtés, à la merci du vieux Samuel : car, l'honneur lui imposerait de désintéresser les créanciers de Charles, sous peine de le voir flétri publiquement et sa famille avec lui.

Le lendemain matin, Edouard dit à son fils : « Charles, veuillez passer dans mon cabinet, j'ai à vous parler. »

Le jeune homme, ne sachant que penser de cette invitation, que son père lui adressait avec gravité sans doute, mais d'un ton calme, hésita un instant ; puis il se décida à obéir. Il s'était attendu à une scène violente et s'était préparé à y répondre. Cet accueil froid, l'air impassible d'Edouard le déconcertèrent ; il se sentait pris au dépourvu ; c'est pour cela qu'il avait balancé à obéir. Cette nouvelle attitude l'inquiétait plus que celle qu'il avait prévue. M. Belair, l'ayant fait asseoir près de lui, l'examina un instant en silence. Charles, mal à l'aise sous ce regard qui cherchait à fouiller dans son âme, se préparait à prendre la parole, quand son père lui dit enfin :

« Charles, je t'ai fait venir, non pour récriminer ou t'adresser des reproches, chose bien inutile désormais, devant les faits accomplis. »

Le jeune homme, de plus en plus surpris, et ne pouvant évidemment se rendre compte du but auquel tendait ce préambule, leva sur son père un œil interrogateur. M. Belair reprit, après une pause :

« Je tiens à avoir avec toi une explication franche : je te donnerai l'exemple; je parlerai sans réticences; tu connaîtras à fond mes affaires : mais c'est à la condition que tu ne me cacheras rien des tiennes. »

Edouard se tut, attendant une réponse qui ne vint pas. Charles réfléchissait.

« Y consens-tu ? insista M. Belair.

— Oui, dit résolûment le jeune homme.

— Eh bien ! je n'ai pas de longs détails à te donner; quelques mots suffiront pour te mettre au fait de ma situation. Je suis à la veille d'une ruine complète, irremédiable. »

Charles, un instant stupéfait de ce terrible aveu, pâlit légèrement; puis il demanda :

« Les biens de ma mère sont-ils donc engagés ?

— Ils le sont pour trois cent mille francs d'emprunts hypothécaires. Ce qui reste serait englouti dans une catastrophe. »

Charles resta muet de terreur. La ruine de son père et de sa mère le précipitait du haut de ses espérances : le résultat pour lui devait être la plus profonde misère. Mesurant d'un coup d'œil cet abîme, il se sentit frappé au cœur, non à cause de ses parents, dont il s'inquiétait peu, mais à cause de lui-même. M. Belair ne se méprit pas sur la nature de l'impression que son fils éprouvait. Il continua :

« En outre, je viens de contracter un emprunt aux conditions les plus onéreuses, tu sais chez qui. J'ai obtenu trois cent mille francs, moyennant un remboursement de cinq cent mille dans six mois. Ainsi mon patrimoine est engagé tout entier ; celui de ta mère l'est à peu près aussi. »

Charles était atterré. M. Belair, satisfait de l'effet qu'il avait produit, contempla un instant son fils, dont la tête s'était penchée vers la terre. Il ajouta, après un silence :

« J'ai conçu un plan qui peut relever mes affaires rapidement ; mais je ne puis te le dissimuler ; si j'échouais, notre ruine serait complète ; il ne nous resterait pas même un toit pour nous abriter, pour peu que tes dettes atteignent un chiffre important. »

Il y eut une nouvelle pause, pendant laquelle un silence de mort régna dans l'appartement. M. Belair reprenant la parole :

« Maintenant, mon fils, dit-il, j'attends de toi une franchise égale à la mienne. Tu as emprunté chez le juif Samuel ; je ne m'informe pas de la somme que tu as touchée, peu m'importe, mais de celle que tu t'es engagé à rembourser.

— Je devrai deux cent mille francs au vieil usurier dans six mois, répondit Charles d'une voix étranglée.

— Ainsi, tu le vois, Charles, la catastrophe imminente sera sans ressources. Je n'ai plus d'espoir que dans mon expédient; s'il ne réussit pas, nous sommes tous perdus. Nous nous verrons réduits à la plus affreuse misère. Le dernier des artisans, dans son galetas, sera moins malheureux que nous, car il peut travailler et gagner sa vie. »

Charles comprit que son père disait vrai. Lui aussi, malgré sa légèreté, il apercevait le gouffre béant devant lui. Edouard reprit :

« Maintenant, Charles, je n'ai pas besoin, je l'espère, de t'engager à la prudence et à suspendre tes habitudes dispendieuses. Tu le vois, si tu avais le malheur de contracter de nouvelles dettes, tu ne pourrais plus compter sur moi pour les acquitter. La prison, le déshonneur puniraient d'autres folies.

— Je le sais, mon père, murmura faiblement le jeune homme. La destinée qui nous attend tous est bien cruelle.

— Sans doute; mais la fortune peut nous être encore favorable, répondit M. Belair avec une certaine exaltation, et je veux la tenter.

— Que pensez-vous faire, mon père? interrogea

Charles. Quels sont vos projets? Y a-t-il un moyen de conjurer le désastre qui nous menace?

— Il y a la bourse.

— Mais, reprit Charles, pour jouer il faut des fonds.

— J'ai trois cent mille francs, je te l'ai dit. Je ne les ai empruntés que pour tenter le sort une dernière fois. Avec cela, je puis reconquérir ma position perdue, rétablir mes affaires, et qui sait? peut-être doubler notre avoir d'autrefois. »

Le jeune homme secoua la tête en silence.

« Douterais-tu du succès? demanda M. Belair avec vivacité.

— Je me fie peu à ces expédients extrêmes.

— Je serai prudent; je connais le terrain; je crois avoir le secret de procéder sans danger.

— Mon oncle Albert Derry pensait aussi le connaître; il se berçait de semblables illusions.

— Eh bien!

— Eh bien! lui qui jadis m'avançait de l'argent, il joue en ce moment le reste de sa splendide fortune, son hôtel de Paris, car c'est là tout ce qu'il possède. Demain, peut-être, sera-t-il entièrement ruiné. »

Cette nouvelle assombrit le front de M. Belair. Après un long silence, il congédia son fils en lui disant :

« Silence sur tout ceci devant ta mère et devant ta sœur. Ne les alarmons pas avant l'heure fatale, si elle doit sonner. »

XIII

La Ruine.

Pendant que les membres de la famille Belair étaient plongés dans la plus vive inquiétude, et qu'ils voyaient s'approcher à pas rapide et inévitable ce que Byron appelle le spectre de la froide misère, il y avait un coin, dans cette maison promise à de si terribles épreuves, qui respirait la paix et la sérénité; c'était celui qu'habitait Germain, le dernier des enfants d'Edouard. Tandis que Charles, son frère aîné, que Léonie, sa sœur, se précipitaient dans le tourbillon des plaisirs, Germain vivait solitaire, à côté de son vieux précepteur, et poursuivait sérieusement ses études. Sa belle intelligence se développait merveilleusement; son âme pure aimait à se tenir dans les sphères lumineuses qu'habite la vertu. L'ange de l'innocence le couvrait de ses blanches ailes et le préservait ainsi de toute souillure. Depuis que les affaires de M. Belair avaient pris la fâcheuse tournure que nous savons, Germain, contrarié jusque-là dans l'accomplissement de ses devoirs religieux, obtint une liberté de conscience absolue. Germain, qui ne s'expliqua pas tout d'abord la tolérance de ses parents, finit bientôt par s'apercevoir de leurs préoccupations. Son esprit pénétrant devina ce qu'on ne lui disait pas. Il comprit que des intérêts graves se débattaient au sein de sa famille; que l'avenir de son père, de sa mère étaient en jeu. Alors, s'associant généreusement à des douleurs dont il ne connaissait qu'imparfaitement les causes, il s'efforça de les adoucir par les démonstrations de sa naïve et touchante affection. M. Belair, à demi-dompté par le malheur, se plaisait parfois dans le commerce de ce jeune homme tant dédaigné, presque rebuté naguère et rélégué hors de l'enceinte intime de la famille. Il s'attendrissait même de temps en temps en le voyant, lui si sage, si vertueux, à la veille d'être enveloppé dans des malheurs immérités.

Cependant il ne perdait pas de vue le plan qu'il avait conçu pour reconstruire sa fortune. Il était assidu à la bourse dont il suivait les cours et les phases diverses avec une anxieuse attention. A son grand désespoir, le temps s'écoulait sans que le moment favorable, celui qui devait le replacer au rang qu'il avait perdu, se présentât. Le jour redoutable où il devait compter avec Samuel se dressait devant lui de plus en plus proche. Il n'avait pas le choix; il lui fallait se hâter sous peine d'avoir contracté en pure perte l'emprunt usuraire. M. Belair, pour engager avec plus de liberté la terrible partie, résolut d'éloigner sa femme, sa fille, Germain, et de les faire partir pour Auxerre.

Germain, averti par sa mère qu'il allait quitter Paris pour se rendre à Auxerre, accueillit par un silence plein de tristesse la communication qui lui était faite. Le noble jeune homme se dirigea immédiatement vers la chambre de son père, qu'il trouva se promenant à grands pas, en proie à une grande agitation.

« Que désires-tu, mon ami, lui demanda M. Belair, étonné de le voir ?

— Père, j'ai une grâce à vous demander que vous ne me refuserez pas.

— Parle, je suis prêt à te l'accorder, si je le puis. De quoi s'agit-il ?

— Vous pouvez exaucer le vœu dont je veux vous faire part.

— Eh bien ! quel est-il ?

— Mon père, vous devez rester seul à Paris ; je sollicite de vous la permission de ne pas vous quitter.

M. Belair, touché de l'affection sincère, dévouée que lui témoignait son fils, parut réfléchir un instant et laissa tomber sa tête sur sa poitrine. Il la releva bientôt, et fixant un regard attendri sur Germain.

« Mon enfant, lui dit-il, ce que tu me demandes est impossible. Il faut que tu accompagnes ta mère, à qui ta présence sera utile.

— Ma mère aura ma sœur avec elle, tandis que vous, mon père, vous serez isolé.

— Je t'en prie, n'insiste pas. J'ai des raisons sérieuses de te parler comme je le fais. Il faut que tu partes. »

Germain se tut; mais une larme brûlante roula sur ses joues pâles. Son père, profondément ému, l'attira dans ses bras, le pressa longtemps sur son cœur, et lui dit d'une voix brisée par la douleur :

« Sois sage toujours. Je t'aime. »

Le lendemain, Mme Belair, Léonie et Germain montèrent en voiture pour Auxerre. M. Belair demeura seul avec Charles à Paris. Celui-ci, fidèle à ses promesses, avait peu vu ses anciens amis, et s'était abstenu de prendre part à leurs orgies habituelles. Sous le coup des craintes terribles que lui inspirait l'avenir, il était devenu soucieux. Il attendait avec une poignante anxiété le résultat des projets de son père. Il demeurait une partie de la journée renfermé dans sa chambre; des larmes, parfois, coulaient de ses yeux; malheureusement ce n'était pas le regret du passé qui les lui arrachait, mais la navrante pensée que tout était fini pour lui en ce monde.

Albert Derry ne visitait plus guère la maison de son beau-frère. Une antipathie prononcée éloignait l'un de l'autre ces deux hommes autrefois si unis. Quelques jours après le départ de sa femme, M. Belair hasarda une opération de bourse qui lui fut favorable. Mais il lui fallait d'autres succès pour être libéré de toutes dettes. Ce début encouragea ses espérances. Mais l'occasion propice ne se présentait plus. Les jours, les semaines, s'écoulaient avec une inexorable rapidité et le rapprochait du terme fatal, sans que rien avançât, ou qu'il osât se risquer. Enfin, le mois d'octobre s'acheva; huit jours seulement séparaient M. Belair de l'échéance du billet souscrit au vieux Samuel. Il se rendit à la rue de l'Homme-armé, il supplia l'usurier de lui accorder un délai, promettant de reconnaître généreusement cette faveur; le juif fut impitoyable.

Il fallut alors se déterminer à tenter une dernière fois la fortune. Il s'imagina avoir saisi l'instant si impatiemment désiré, et il joua tout ce qu'il possédait. Le malheureux, dans une fiévreuse attente, comprimant les battements de son cœur, ressemblait à un homme sur le point d'entendre une sentence de vie ou de mort. Enfin les résultats furent proclamés; M. Belair avait perdu, tout perdu; il ne lui restait plus rien. Il rentra chez lui, à sa maison de la rue de Condé, en proie à un effrayant désespoir. Il y trouva son fils. Le jeune homme n'eut besoin que de jeter un coup d'œil sur son père pour deviner l'affreux désastre.

« Je n'ai plus rien, s'écria M. Belair. J'ai tout perdu. »

En même temps il se jeta dans un fauteuil. Ses traits effroyablement contractés attestaient qu'il endurait les tortures des damnés.

« Alors, nous sommes complètement ruinés? interrogea Charles d'une voix sourde.

— Je vous l'avais bien dit, murmura le jeune homme. Mon oncle Albert Derry n'a pas mieux réussi.

— Albert! répéta M. Belair en regardant son fils avec des yeux égarés et en tressaillant; que dis-tu?

— Je dis, répliqua Charles, que votre beau-frère Albert Derry n'a pas été plus heureux que vous.

— Où est-il? interrogea Edouard.

— Il est mort, articula lentement le jeune homme d'une voix sépulcrale.

— Albert est mort! ai-je bien entendu?

— J'ai dit la vérité. Je viens de chez lui. Je l'ai trouvé étendu, sanglant, sur son lit, au milieu de ses serviteurs. Non, je n'oublierai jamais cet horrible spectacle. »

En achevant ces paroles, Charles éclata en sanglots. M. Belair le regarda d'une façon étrange; ce récit tragique sembla éveiller en lui une idée funeste. Tout d'un coup il se leva, marcha vers son secrétaire, l'ouvrit, y prit une petite boîte plate qui contenait deux pistolets. Charles, qui n'avait pas perdu son père de vue, sauta sur lui, s'empara des armes, et se redressant en face de M. Belair :

« Vous ne mourrez pas seul, » mon père, dit-il avec un effrayant sang-froid.

Et saisissant l'un des pistolets qui était chargé, il remit l'autre, qui l'était également, à Edouard.

Celui-ci s'arrêta, hésitant. Il pensa à sa femme, à sa fille, à son jeune fils, à Dieu sans doute....

« Charles, dit-il d'un ton grave, je n'attenterai point à mes jours... Et toi tu me jureras sur la tête de ta mère, sur celle de ta sœur, de vivre aussi. Soyons généreux l'un et l'autre une fois en notre vie; n'augmentons pas la somme des douleurs de celles qui sont nos victimes.

— Je le jure, » répondit Charles.

Un silence mortel succéda à ce dialogue. M. Belair l'interrompit au bout de quelques instants pour dire à son fils :

« Il faut que ta mère, ta sœur, ton frère soient avertis de la catastrophe. Nous partirons ensemble pour Auxerre, après que j'aurai chargé mon homme d'affaires de régler toutes choses avec nos créanciers. »

Charles fit un signe d'assentiment. Le lendemain les deux infortunés, naguère comblés des dons de la fortune, aujourd'hui réduits à la dernière détresse, quittèrent Paris pour gagner la province.

XIV

Une ancienne Connaissance.

Mme Belair, sa fille Léonie et Germain surtout attendaient avec une inexprimable impatience des nouvelles de Paris. M. Belair n'avait pas écrit depuis deux semaines ; son silence inexplicable augmentait, naturellement, les alarmes de sa famille. Un soir des premiers jours de novembre, ils étaient réunis tous les trois dans le salon ; le vieux précepteur était avec eux ; le feu pétillait dans l'âtre, car il faisait déjà froid ; la bise qui soufflait avec violence au dehors, achevait de dépouiller de leurs feuilles les arbres du parc et de la cour. Le silence n'était interrompu que par de brèves et inquiètes réflexions. Tout à coup on entendit une voiture s'arrêter devant la porte, et presque aussitôt deux hommes, enveloppés de manteaux, parurent à l'entrée du salon ; c'étaient M. Belair et son fils aîné qui arrivaient de Paris. Ils s'avancèrent d'un pas chancelant, blêmes, muets, semblables à des spectres. Irma et ses enfants, en les voyant, poussèrent un cri de terreur. Les nouveaux venus étaient si défaits, leurs traits tellement contractés, leurs yeux remplis d'un tel désespoir, qu'il y avait de quoi s'effrayer.

« O ciel! s'écria Mme Belair en se jetant au cou de son mari, qu'y a-t-il donc ?... quel malheur viens-tu nous annoncer ?

— Il y a que nous sommes sans ressources, » répondit Edouard d'une voix rauque.

Il avait oublié les précautions qu'il s'était promis de prendre pour adoucir, autant que possible, la violence du coup à sa femme et à ses enfants. Tout entier à la pensée de la catastrophe, la fatale nouvelle s'était échappée de ses lèvres sans presque qu'il y prît garde.

« Sans ressources.... que dis-tu là? reprit Irma en reculant d'un pas. Mais je suis riche, moi ; tout ce que j'ai t'appartient aussi bien qu'à nos enfants....

— Tu n'as plus rien, Irma, pas plus que moi. La meilleure partie de ton patrimoine, tu le sais, est hypothéquée. Et, à moins que tu ne consentes à mon déshonneur, à me voir jeter en prison, le reste est perdu aussi sans retour.

— Que dis-tu ? s'écria l'infortunée.

— Demain, peut-être, il nous faudra quitter cette maison, notre dernier refuge, sans avoir un toit pour abriter nos têtes. »

Mme Belair n'entendit pas la fin de la réponse d'Edouard; elle tomba évanouie dès les premiers mots. D'un autre côté Léonie, sa fille, atterrée par les révélations qu'elle venait d'entendre, fut prise d'une violente attaque de nerfs. La malheureuse enfant en proie à une terrible crise poussait des cris inarticulés. M. Belair, ses deux fils, le vieux précepteur ne savaient à laquelle des deux femmes accourir, car ils ne voulaient pas rendre les domestiques témoins de cette scène de désolation. Germain, le cœur brisé par une poignante douleur, allait de sa mère à sa sœur. Quand il vit que Mme Belair commençait à reprendre ses sens, il passa auprès de M. Sablier, lui glissa un mot à l'oreille, et le vieux précepteur, faisant un geste d'assentiment, sortit sur-le-champ. Une demi-heure après, entra un vieillard cassé par l'âge, à la physionomie triste et bienveillante à la fois. Un instant immobile sur le seuil du salon, il contempla en silence, avec une vive compassion, le tableau qu'il avait sous les yeux. Puis il s'avança doucement; Germain l'aperçut le premier et lui dit, en allant à sa rencontre :

« Mon bon oncle, je me suis permis de vous faire appeler à cette heure pour consoler mes pauvres parents. Un affreux malheur vient de nous frapper tous. »

C'était en effet M. Jacques Damey, l'oncle de M. Belair, que le vieux précepteur, sur la demande de Germain, avait prévenu de l'affliction qui régnait chez Edouard. Celui-ci, à la vue de son oncle, parut surpris ; mais le visage serein du bon vieillard, la part qu'il paraissait prendre à la douleur commune, tout cela fit disparaître sa première impression qui avait été pénible. Il tendit la main à son oncle sans prononcer une parole.

« Du courage, mon ami, lui dit l'excellent homme d'une voix tremblante d'émotion, du courage! Vous êtes dans la force de l'âge, et, quand on veut fortement, rien n'est irréparable.

— Hélas ! que faire ? » s'écria M. Belair avec un accent déchirant, tandis que d'un geste désespéré il montrait sa femme et sa fille dans l'état que nous avons dit.

Irma commençait seulement à se remettre de la terrible secousse qu'elle avait ressentie. Etendue sur un canapé, à côté de sa fille, elle reconnut ceux qui l'entouraient; en même temps qu'elle recouvrait ses sens, le sentiment de la douleur lui revenait intense, inexorable. Ses yeux s'étant portés sur M. Damey, elle lui fit signe d'approcher. Le digne vieillard s'étant assis auprès de sa nièce, lui prit la main et s'efforça de la consoler par de douces paroles. Mais à tous ses encouragements elle répondait invariablement :

« Ah ! si nous avions suivi vos conseils, nous n'en serions pas là.

— Le passé ne nous appartient plus, reprenait M. Damey : il faut porter ses regards vers l'avenir et travailler à tout réparer. »

La nuit s'écoula en plaintes, en regrets inutiles. Enfin M. Damey, à force d'affection et de raisonnements consolateurs, parvint à rendre un peu de calme. Quelques jours se passèrent, au bout desquels Edouard reçut la nouvelle que sa maison de Paris était vendue, et que le prix était loin de suffire à payer les dettes qu'il avait contractées ; il devenait donc nécessaire d'aliéner immédiatement les propriétés qu'il avait à Auxerre. Obligé de quitter cette maison, héritage de son père, délicieux séjour où il eût pu vivre si heureux avec des goûts plus simples, quelques vices de moins et quelques vertus de plus, il ne savait quel parti prendre, et sentait le désespoir s'emparer peu à peu de son âme. Ce fut alors que le bon M. Damey révéla toute la générosité de son cœur. Il offrit comme asile à son neveu sa petite maison de campagne, en attendant que l'on pût aviser à créer des ressources à cette famille si malheureuse.

Une semaine plus tard, M. Belair, sa femme, ses enfants se retirèrent à la petite maison dont nous avons parlé. Tout y respirait l'ordre et la paix ; une solitude complète l'environnait, situation précieuse pour des infortunés réduits aujourd'hui à la plus profonde misère, et qui éprouvaient le besoin de se soustraire aux regards curieux et malveillants du monde. Par une attention délicate, M. Jacques Damey et sa fille avaient veillé à ce que rien ne leur manquât et à ce que la transition de l'opulence à la pénurie fût moins sensible. Toutefois, il était difficile à une famille habituée à toutes les recherches du luxe, servie jusqu'alors par un domestique nombreux, de ne pas souffrir extrêmement de la situation nouvelle qui leur imposait de se suffire à eux-mêmes.

Tant d'émotions avaient ruiné en quelque semaines la santé frêle et délicate de Mme Belair; il n'y avait pas, dans Irma, assez de force pour porter le poids de l'heure présente ni pour envisager les sombres perspectives de l'avenir. Marie, la digne fille de M. Damey, ne quitta pas le chevet de sa cousine; elle se fit sa garde malade, sa consolatrice, l'ange de ses derniers moments. Grâce à elle, Irma revint sincèrement à Dieu, reconnut les fautes de sa vie, les déplora, les confessa, et demanda pardon à son mari, à ses enfants des funestes exemples qu'elle leur avait donnés. Comme M. Belair lui témoignait sa douleur de la voir quitter la terre dans un âge si peu avancé :

« J'ai mérité cette mort prématurée, répondit-elle. Edouard, n'attends pas à la fin de ta vie pour te rapprocher de Dieu. Incline-toi, mon ami, dès maintenant, sous la main qui te frappe. Nous avons si mal employé nos jours, nos années, que nous avons été les artisans de nos propres malheurs. La légèreté, l'ivresse des plaisirs nous ont aveuglés et conduits au précipice. Sois donc chrétien; la foi t'apportera des consolations qui te feront supporter avec résignation les dures épreuves qui te sont réservées. »

M. Belair ne répondit que par ses larmes à ces touchantes exhortations. L'infortune mettait en relief les bonnes qualités d'Irma, étouffées à-demi par sa mauvaise éducation et comprimées par le tourbillon qui l'avait emportée. Ayant appelé Charles près de son lit de mort :

« Mon enfant, lui dit-elle, toi aussi tu ne refuseras pas de consoler mes derniers instants en me promettant de vivre sage et vertueux. Sois un homme pour supporter l'adversité. »

Le jeune homme répondit à sa mère en lui serrant la main et en l'assurant qu'il saurait profiter du rude châtiment qui leur était infligé. Le tour de Germain étant venu, Mme Belair sourit doucement à son jeune fils, et l'embrassant avec une affection particulière :

« Continue, enfant, lui dit-elle. Tu es aujourd'hui ma joie, mon espérance, je te bénis. »

Enfin, prenant la main de Léonie et celle de Marie, Irma les joignit.

« Ma bonne et pieuse amie, dit-elle en s'adressant à Melle Damey, je vous confie ma fille ; vous serez pour elle l'ange de Dieu comme vous l'êtes pour moi en cette heure. »

Mme Belair trouva encore, dans son cœur et sur ses lèvres mourantes, un mot de reconnaissance pour son oncle, qui lui avait offert une si généreuse hospitalité et qui lui avait épargné l'humiliation de solliciter la charité publique, et elle expira dans la paix du Seigneur.

La coupe amère de la douleur s'emplissait de plus en plus pour le malheureux Edouard Belair. La mort de sa femme jetait un voile de deuil sur sa ruine désormais consommée. Son cœur saignait par une multitude de blessures plus cruelles les unes que les autres ; sans M. Damey, il eut infailliblement succombé. Il se calma peu à peu ; l'affection, le dévoûment dont l'entouraient Germain et Marie Damey, contribuèrent à rétablir un peu de paix dans son âme.

L'hiver s'écoula dans ces alarmes et ces afflictions. Au printemps, M. Damey réussit à faire entrer Edouard et Charles comme employés dans les bureaux de la préfecture. Leurs appointements modiques pouvaient suffire à les faire vivre, dans une très-grande gêne, il est vrai. Léonie demeura avec Melle Damey, qui compléta ou plutôt refit l'éducation de sa jeune parente, l'instruisit elle-même avec un zèle admirable, la mit à même d'obtenir son brevet de capacité, et la plaça comme institutrice dans une excellente maison de la ville.

Quant à Germain, aidé de son vieux précepteur, il acheva ses études, subit les examens littéraires devant la Faculté de Paris, conquit ses grades avec éclat, et fut nommé, deux ans après le désastre qui avait ruiné son père, professeur au collége d'Auxerre.

Le vieux Ritoux, témoin de tous ces événements, compatit sincèrement aux rudes épreuves infligées à ses voisins. Un jour qu'il causait avec un de ses petits fils, petit lutin, curieux et questionneur, l'enfant lui demanda pourquoi la maison d'en face avait changé de maîtres ?

« Parce que, mon enfant, répondit le vieillard avec gravité, ses premiers propriétaires n'ont pas profité de leur éducation, qu'ils ont dédaigné les conseils de l'expérience, oublié Dieu et dissipé en folles jouissances le patrimoine laborieusement amassé par leurs parents.

— Grand-père, je vous écouterai toujours; j'aimerai Dieu, je ferai comme papa, comme vous; je m'efforcerai chaque jour de devenir meilleur, afin d'éviter le malheur de nos voisins. »

Telle fut la conclusion de l'enfant, que son aïeul embrassa sur les deux joues.

FIN

TABLE

— LILLE, TYP. L. LEFORT. MDCCCLXIII —

www.ingramcontent.com/pod-product-compliance
Lightning Source LLC
LaVergne TN
LVHW012009220826
846092LV00001B/293

* 9 7 8 2 3 2 9 7 7 5 3 0 2 *